1 La Coiffeuse à la mode com

2 Lesprit folet comedie par Mr Douville 1642

3 La Dame suivante comedie par Douville 1645

4 Labsent chez soy comedie du sr Douville 1643

5 Les fausses verites comedie du sr Douville 1643

4

LES FAVSSES VERITEZ COMEDIE.

PAR Mr DOVVILLE.

A PARIS,
Chez TOVSSAINCT QVINET, au Palais dans la petite Salle, sous la montée de la Cour des Aydes.

M. DC. XLIII.

AVEC PRIVILEGE DV ROY.

Extraict du Priuilege du Roy.

PAR grace & Priuilege du Roy donné à Paris le 21. de Iuillet 1642. Signé par le Roy en son Conseil, LE BRVN, Il est permis à *Toussaincts Quinet*, Marchand Libraire à Paris, d'imprimer ou faire imprimer vendre & distribuer vne piece de Theatre intitulée *Les Fausses Veritez, Comedie du sieur Douuille*, & ce durant le temps de cinq *ans*, à compter du iour que ladite piece sera acheuée d'imprimer. & deffenses sont faittes à tous Imprimeurs & Libraires d'en imprimer vendre & distribuer d'autre impression que de celle dudit Quinet, ou ses ayans causes, sur peine aux contreuenans de trois mille liures d'amende, confiscation des exemplaires & de tous despens dommages & interests, ainsi qu'il est plus au long porté par lesdites lettres qui sont en vertu du present extraict tenus pour bien & deuement signifiées.

Acheué d'imprimer pour la premiere fois le vingt-huictiesme Ianuier 1643.

PERSONNAGES.

FLORIMONDE. Damoiselle Parisienne, Amoureuse de Lidamant, & sœur de Leandre.

NERINE. Suiuante de Florimonde.

LIDAMANT. Gentilhomme de Languedoc, amy de Leandre, Amoureux de Florimonde.

LEANDRE. Amy de Lidamant, frere de Florimonde, & Amoureux d'Orasie.

ORASIE. Damoiselle Parisienne, fille de Tomire, & Amoureuse de Leandre.

IVLIE. Suiuante d'Orasie.

TOMIRE. Vieillard, Pere d'Orasie.

FABRICE. Seruiteur de Lidamant.

LISIS. Seruiteur de Tomire.

La SCENE est à Paris.

LES FAVSSES VERITEZ COMEDIE.

ACTE I.

SCENE PREMIERE

FLORIMONDE, NERINE, dans leur Chambre qui viennent de dehors.

FLORIMONDE.

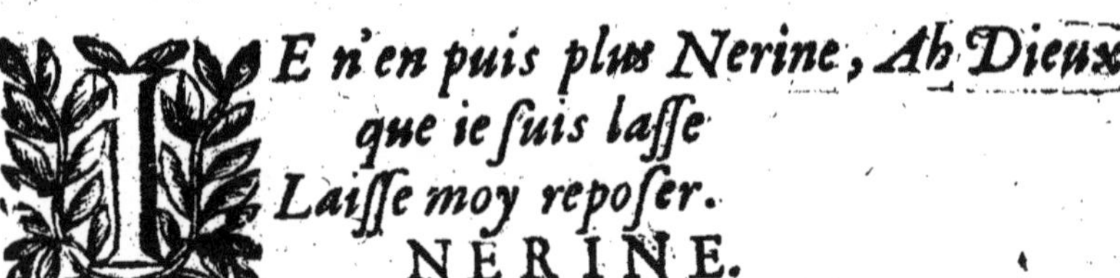

E n'en puis plus Nerine, Ah Dieux que ie ſuis laſſe
Laiſſe moy repoſer.

NERINE.

Mais dite moy de grace
Quel plaiſir vous prenez à vous laſſer ainſi.
Ce que vous cherchez loin l'auez vous pas icy,

A

Pourquoy tous les matins resuer aux Tuilleries
Ne sçauriez vous passer ailleurs vos resueries?
Encor venir à pied.

FLORIMONDE.

Demandes tu pourquoy?
En sçais tu pas la cause aussi bien comme moy?
Nerine ignores tu le suiect de ma flamme?

NERINE.

Non vous m'auez ouuert le secret de vostre ame.
Vous aimez Lidamant, mais Dieux qu'est-il besoin
L'ayant logé chez vous de le chercher si loin
Il à chez vostre frere estably sa demeure,
Ou vous pouuez vous voir & parler à toute heure.

FLORIMONDE.

Las si i'en suis connuë, il faut absolument
Me resoudre à mesme heure à perdre cét Amant,

NERINE.

Parlez luy franchement, & luy faites entendre
Que vous estes la sœur de son Amy Leandre,
Quand vous luy deffendrez ie le tiens si discret,
Qu'il ne voudra pour rien reueler ce secret.

FLORIMONDE.

Tu ne sçais pas encor, & c'est ce qui m'afflige
Iusqu'à quel point d'honneur l'amitié nous oblige.
C'est vn lien trop fort, ie sçay que Lidamant
Est plus parfaict Amy qu'il n'est fidelle Amant.
Son amitié Nerine est pure & trop sincere
Pour me vouloir seruir au deceu de mon frere;

NERINE.

Il ne vous aime point, ou n'aime qu'à demy
S'il veut a son amour preferer son Amy,
Pourquoy Leandre encor vous deffend il sa veuë?

FLORIMONDE.

Ie n'en sçay rien Nerine, & c'est ce qui me tuë,
Il dit pour s'excuser qu'il y va de l'honneur,
Mais i'en donne la cause à sa ialouse humeur,
La moindre opinion cause ces resueries,
Ie le voy cependant tousiours aux Tuilleries,
Et là nous nous donnons rendez vous tout les iours
C'est dans ce lieu charmãt que sont nais nos amours
Et cette passion est si grande & si forte
Que c'est chere Nerine vn torrent qui m'en porte.

NERINE.

Madame il m'a semblé que iusque à ce iour
Auec plus de respect il a traitté l'amour,

Ie ne vous suiuois point de peur de vous deplaire,
Mais il à ce matin paru plus temeraire,
Tous vos commandemens ont esté superflus.

FLORIMONDE.

Ie le puniray bien en n'y retournant plus
Sa curiosité me cousteroit la vie,
Il meurt de me connoistre, & m'a tantost suiuie
Cy prez de mon logis que peu s'en est falu
Qu'il ne laict descouuert.

NERINE.

Vous auez resolu?
De ne le voir dont plus.

FLORIMONDE.

Ah chere confidente
Mon amour est trop grand, ma flame est trop ardante,
Quoy! que ie peusse viure, & iamais ne le voir?
Crois tu qu'en le voulant i'en eusse le pouuoir,
Non il est trop aimable, il a trop de merite
Mais mon frere est l'eué, tachons par ma visite,
D'empescher le soupçon qu'il pourroit bien auoir,
Que ie viens de dehors.

NERINE.

Quelqu'vn vient pour le voir
Il entre i'oy du bruit.

FLORIMONDE.

Dieux i'estois attrapée,
C'est Lidamant sans doute, ou ie suis bien trompée
Cette porte respond dans son appartement
Comme tu le sçais bien, & fort facilement
I'entends tout leurs discours quand ils parlent ensemble
Escoutons les Nerine, Auiourd'huy ce me semble,
Ou ie me trompe fort, on parlera de nous.

SCENE II.

LIDAMANT, LEANDRE, dans la Chambre de Lidamant, & Florimonde & Nerine dans la leur les escoutant.

LIDAMANT.

Comment? desia leuë?

LEANDRE.

Vous en estonnez vous?
Estonnez vous plustost qu'auec tant de tristesse
Ie ne succombe point au tourment qui m'oppresse
Comme ie puis durer vn quart d'heure en repos,
Voyant que mon esprit s'esgare à tout propos,
Mais vous libre d'humeur quel suiect vous oblige,
D'estre si matinal?

LIDAMANT.

Un tourment qui m'afflige?
Vne rare beauté me met en tel soucy
Que ie n'en puis dormir.

LEANDRE.

Quoy vous aymez aussy?

LIDAMANT.

C'est trop peu dire aymer, i'adore vne merueille.

LEANDRE.

Pour receuoir de vous vne faueur pareille,
Je vous veux raconter comme ie vous ay dit,
Le suiect qui me rend tellement interdit.

LIDAMANT.

Vous m'obligerez fort.

FLORIMONDE bas à Nerine.

Escoute icy Nerine
On parlera de nous.

LEANDRE.

Vne beauté diuine
Vn obiect plus qu'humain m'a desrobé le cœur,
Ie ne vous diray point le nom de mon vainqueur.
Ie vous veux taire aussi qu'en seruant cette belle,
Moins Amoureux qu'aymé, les faueurs que i'eu d'elle,

Et tout ce que l'honneur m'en pouuoit obtenir;
Car ie veux les perdant perdre le souuenir.
Ie diray seulement quelle estoit satisfaite,
Que pour elle i'auois vne amour tresparfaite,
Et qu'ainsi i'esperois sans trop de vanité
En possedant vn iour cette rare beauté
De iouir des douceurs que donne l'Hymenée;
Mais comme i'attendois cette heureuse iournée
Ayant le vent en pouppe en cette mer d'Amour,
Vn orage suruint qui troubla ce beau iour,
Et me mit au danger d'vn perilleux nauffrage,
Au milieu de mon ayse, vne peste, vne rage,
Vne ialouse humeur pour me combler d'ennuis
M'a reduit miserable, en l'estat ou ie suis.
Ne croyez pas pourtant parlant de ialousie,
Que mon ame iamais en ait esté saisie;
Non de ce trait perçant mon cœur n'est point blessé
C'est moy qui l'ay donnée, Ah Dieux qui l'eust pensé,
Que cette passion fust cent fois plus aysée
A souffrir quand on l'a que quand on l'a causée.
Vne certaine Iris, à qui i'ay faict la Cour,
Croyant que ie l'aymois d'vn veritable Amour,
Que pour tout autre obiect mon cœur estoit de glace,
Ma causé depuis peu cette estrange disgrace,
Ayant sçeu par malheur cette inclination,
Voyant que ie brauois ainsi sa passion,

Pour se vanger de moy cette Iris trop cruelle
M'a peint à ma maistresse inconstant infidelle,
Et par quelques escrits qu'elle a montrez de moy,
Elle a faict qu'Orasie a douté de ma foy,
Et dedans cette erreur à faict que l'inhumaine
A pour moy Conuerty tout son amour en haine,
Et ma par ces mespris mis en tel desespoir
Que ie n'ose esperer seulement de la voir,
Pour la desabuser de sa creance veine,
Me s'entant innocent iugez qu'elle est ma peine.

LIDAMANT.

Ie plaindrois vostre mal si vous estiez ialoux,
Mais non pas de sçauoir que l'on le soit de vous,
Trouuant entre les deux la difference mesme
Qu'endurer en aimãt, ou souffrir qu'on nous aime.
Oyant nommer ce mot, vous m'auez faict trembler
Et ne sçauois comment vous pouuoir consoler,
Mais de cette façon vous estes consolable,
Il n'est point entre Amants de passetemps semblable
Que de faire parfois la guerre tout expres,
Afin d'auoir suiet de s'accorder apres.
Allez voir cette Dame en effect trop credulle,
Et tenez pour certain quoy qu'elle dissimule,
Puis que vous tesmoignez qu'elle a l'esprit jaloux
Qu'elle est sans doute en peine encore plus que vous.

LEAN-

LEANDRE.

Ie ne crois en cecy que ce que i'en doy faire,
Parlez à vostre tour, contez moy vostre histoire.

LIDAMANT.

I'ayme, & ie ne sçay qui, C'est vous dire en deux mots,
Le suiect qui me trouble, & m'oste le repos.
Le iour que i'arriué, remply de resueries
Ie m'allé promener dedans les Tuilleries,
Là de tous les obiects ie vy le plus charmant,
Qui i'ettant l'œil sur moy, Lidamant Lidamant
Dit elle approchez vous, i'ay deux mots à vous dire
Iugez de ma surprise, ah beauté que i'admire,
Luy dis-je, trop heureux est vrayment l'estranger,
Qui par vn tel obiect se s'en tant obliger,
Dont le nom est cogneu d'vne telle merueille:
Elle se mit à rire, & me dit à l'oreille:
Vn tel homme que vous, (si i'en sçay bien iuger)
Ne peut en aucun lieu passer pour estranger,
Ie ne vous diray point son accueil, ses caresses,
Qui marquerent sa flamme auec mille tendresses,
Ie vous tay par respect l'honneur qu'elle me fit,
Et vous doy taire aussy tout ce qu'elle me dit,
Car vn homme est trop vain, & merite du blame,
De vanter les faueurs qu'il reçoit d'vne Dame.

NERINE bas à Florimonde.

Madame c'est de nous qu'il parle asseurement.

FLORIMONDE bas.

Iustes Dieux qui pourroit aduertir Lidamant
Ah! qu'il m'obligeroit à present de se taire,
Il pourroit bien donner du soubson à mon frere.

LEANDRE.

Le succez est estrange.

LIDAMANT.

Enfin nous nous donnons
Rendez vous au lieu mesme, & nous nous y trouuons,
Tous les iours au matin, & ce qui plus m'estonne,
C'est qu'elle me deffend de le dire à personne,
Et mesme ne veut pas que ie sçache son nom,
N'y que i'aille apres elle apprendre sa maison,
Auiourd'huy toutesfois, il m'en a pris enuie,
Et rompant tout respect ie l'ay tantost suiuie,
Nonobstant sa deffence & malgré mon deuoir
Mais un salut forcé m'a priué de la voir,
En gagnant cette ruë ou cette belle adroitte
A mon œil curieux c'est finement soustraitte.

LEANDRE.

Comment en cette ruë.

LIDAMANT.

Ouy tout proche d'icy.

LEANDRE.

Cét accident m'estonne, & me met en soucy
Ne pouuant soubsonner du tout qui ce peut estre.

LIDAMANT.

M'ayant dit plusieursfois qu'en la voulant co-
gnoistre,
Je m'ettois en hazard sa vie & mon honneur.

SCENE III.

Iulie, Leandre, Florimonde, Lidamant.

IVLIE à Leandre.

VNe fille en secret pourra-t'elle Monsieur
Vous dire icy deux mots?

LEANDRE bas à Lidamant.

Que i'ay l'ame contente
Escoute cher Amy, c'est icy la suiuante,
De ce charmant obiect dont ie vous discourois,
Nous pourrons escouter le reste vne autre fois,
Vous me permetrez bien de parler auec elle,
Sans doute elle m'apporte vne heureuse nouuelle.

FLORIMONDE bas.

Femme qui que tu ſois, que tu viens à propos,
Mais vn Ange pluſtoſt venu pour mon repos.

LIDAMANT.

Voyez ſi vous deuez vne autre fois me croire?
Nous auons trop de temps pour acheuer l'iſtoire,
Regardez ſi i'ay tort de vouloir preſumer
Que ie ſuis bien ſçauant en matiere d'aimer.

SCENE IV.

LEANDRE, IVLIE.

LEANDRE.

QVi t'enmeine Iulie? As tu quelque nouuelle?
Reſpons moy promptement que faict cette cruelle?
M'apportes tu la vie, ou l'arreſt de ma mort?

IVLIE.

Vous ne ſçauriez vous plaindre, ou vous auriez grand tort,
Leandre ſi i'oſois prendre la hardieſſe
Ie vous verrois ſouuent mais quoy ſi ma maiſtreſſe,

Sçauoit que i'en eusse eu seulement le dessein,
Ie crois que ie mourrois à l'heure de sa main.

LEANDRE.

Rien ne peut donc fleschir l'excez de sa colere?

IVLIE.

M'enuoyant icy pres pour vn certain affaire
Ie n'ay peu m'empescher de venir m'informer,
Comment vous vous portez.

LEANDRE.

Oses-tu presumer,
Que ie me porte bien dans le mal-heur extréme
Où m'a reduit l'orgueil de l'ingrate que i'ayme,
Va, si tu veux sçauoir en quel estat ie suis,
Sçache-lé du suiect qui cause mes ennuits;
Mais que fait cét obiect de mon inquietude?

IVLIE.

Sans cesse elle se plaint de vostre ingratitude.

LEANDRE.

De mon ingratitude? Ah Julie entens-moy
Si i'ay manqué pour elle, ou d'Amour ou de Foy,
Si l'on me peut prouuer que ie l'aye offencee,
D'effect ce seroit trop, de la moindre pensee,

Où ie sois execrable aux races aduenir,
Et que la foudre éclatte icy pour me punir.

IVLIE.

Si vous auez desir que ce discours la touche
Que ne luy dites-vous ?

LEANDRE.

Dieux, elle est si farouche
Que ce serоit en vain à moy de le tenter
Puis qu'elle ne veut pas me voir, n'y m'escouter.

IVLIE.

Si vous estiez secret, ie pourrois entreprendre
De vous mener chez elle & de vous faire entendre,
Mais i'apprehende trop.

LEANDRE.

Ie te iure & promets
De te tenir parole, & n'en parler iamais,
Faisant cela pour moy, tu me donne la vie.

IVLIE.

Ie puis bien contenter vostre Amoureuse enuie,
Ie crains mais ie vous veux seruir en ce besoing,
Sur tout dißimulez, & me suiuez de loing
Attendez à la porte, & ie vous feray signe

Si son pere est sorty.

LEANDRE.

Cette faueur insigne,
Ne sçauroit se payer qu'en expirant pour toy

IVLIE.

Ne tardez pas venez tout à l'heure apres moy.

LEANDRE.

Va, marche, ie te suis.

IVLIE.

Il faut bien peu d'adresse,
Pour tromper vn amant espris d'vne maistresse.

SCENE V.

FLORIMONDE, NERINE dans leur Chambre.

FLORIMONDE.

Dieux que i'apprehendois qu'en contant ses Amours
Lidamant ne poussast trop auant vn discours,
Qui sans doute eust donné du soubson à mon frere.

NERINE.

Quand ils se reuerront ne se peut-il pas faire
Qu'ils paracheueront le discours commencé?

FLORIMONDE.

S'il m'arriue en effect comme ie l'ay pensé
I'y remedieray bien, il me luy faut escrire,
Que ie luy veux parler, ie sçay qu'il le desire,
Mais il faut sans manquer que ce soit au iourd'huy.

NERINE.

Le moyen de le voir, & de parler à luy?

FLORI.

FLORIMONDE.

L'Amour m'en fournira ie vay voir Orazie,
Qui peut sur se suiect seconder mon enuie,
Ie sçay bien qu'elle m'aime, il faut au pis aller
Luy descouurir le feu dont ie me sens brusler,
Nerine par vn art le plus ioly du monde
Ie faindray qui ie suis : mais tay toy Florimonde,
N'en d'y pas dauantage, allons n'en parlons plus.

SCENE VI.

ORASIE seule dans sa Chambre.

DIeux, peux tu viure encor, Miserable
Orazie?
Quand verray ie la fin de cette ialousie,
Qui fait dessus mon cœur de si cruels efforts
Que ie sens sans mourir tous les iours mille
morts?
Que n'ai-je auant le iour que tu me vins surprẽdre
Recogneu t'on Esprit infidelle Leandre?
Va cherir ton Iris, l'anguy dans ses appas
Adore là cruel, mais ne me braue pas,
Ne peux tu sur mon cœur emporter la victoire
Sans t'en vanter ingrat, & sans en faire gloire?
Ma Iulie as tu veu cét infidelle Amant!

SCENE VII.

Iulie, Leandre, Orazie,

IVLIE.

OVy i'ay ioué mon rolle assez adroittement.
Leandre m'a suiuie, il attend a la porte
Madame, entrera-t'il.

IVLIE.

Mais que ce soit en sorte
Qu'il ne soubsonne pas.

IVLIE

Ie vous entends fort bien
Ay-je si peu d'esprit? n'ayez crainte de rien,
Ie sçay fort bien conduire vne Amoureuse ruze.

ORAZIE seule.

Va tost. Voyons comment ce volage s'excuse,
Encore qu'on nous mente en telles actions,
Nous desirons auoir des satisfactions.
Qu'elle soit vraye, ou fausse, elle aura de la grace,
Et i'auray le plaisir du moins qu'il me la face.
Pourueu que ie le voye & soumis, & rendu,
Ie croiray tout gagner quoy que i'ais tout perdu.

IVLIE à la porte auec Leandre.

Elle eſt ſeulle au logis l'occaſion eſt belle.

LEANDRE.

Va, ie recognoiſtray ce ſeruice fidelle.

IVLIE.

Madame nous entend & pourroit m'accuſer
Aidez moy dont à feindre afin de m'excuſer,
Quoy malgré moy me ſuiure? he Dieux ou va Leandre,
Qu'elle temerité, qu'allez vous entreprendre.

ORAZIE.

Quel bruit entens-je icy, quoy Leandre chez moy
Tu l'introduits Iulie, & ne m'en prens qu'à toy.

IVLIE.

Madame il m'a contrainte.

LEANDRE.

A moy ſeul eſt l'offence.
N'accuſez pas encore à tort ſon innocence.

ORAZIE.

I'ay fait tort à la voſtre, & mon cœur s'eſt meſpris
Aux ſoubſons de l'Amour & des faueurs d'Iris
Vous n'auez iamais eu cheueux ny lettres d'elle,
Vous eſtes demeuré pour moy touſiours fidelle,

Vous n'auez iamais fait le vain de mes faueurs
Vos visites iamais n'ont marqué vos ferueurs
Vous n'auez point écrit à cette belle Dame
Ie suis cruelle, iniuste à grand tort ie vous blasme.

IVLIE.

Leandre est-il pas vray que ie me trompe fort
Et que ie persecute vn innocent à tort,
Vous n'auez contre moy commis aucune offence,
Et ie me prens encore à la mesme innocence,
Me mesprisant ainsi, pourquoy me cherchez vous?
Que voulez vous de moy.

LEANDRE.

Moderez ce courroux.
Et ie vous feray voir adorable Orazie
L'iniuste fondement de vostre ialousie,
Que vos soupsons sont faux.

ORAZIE.

Moy ialouse de vous, Dieux quelle vanité!

LEANDRE.

Qu'auez vous dont esté

ORAZIE.

En colere de voir vne inconstance telle
En vn qui fait pour moy l'Amant & le fidelle,
Puis qu'Iris en effect vous plaisoit plus que moy
Qui vous portoit perfide à m'engager la foy,
Quelle gloire auez vous de m'auoir abusée
Amour ne m'a peu voir plus long-temps mesprisée,

Il m'a tout faict cognoistre ingrat i'ay trop appris
Comme il faict l'interdit, comme il faict le surprit,
Sortez d'icy perfide, allez esprit volage.
Ie ne puis vous aimer ny vous voir dauantage.

LEANDRE

Pour me iustifier ie ne veux qu'vn moment.
Madame escoutez moy.

ORAZIE,

Vois tu des-ja comment auant que de parler & former son excuse.
Son sang monté au cœur au visage l'accuse.

LEANDRE.

Escoutez moy de grace.

ORAZIE.

He bien que direz vous

LEANDRE.

Ce qui de vostre esprit calmera le courroux.

ORAZIE-

Parlez.

LEANDRE.

Ie passerois pour vn menteur infame
Si ie vous soustenois d'auoir esté sans flame,
Pour les beautez d'Iris.

ORAZIE.

Leandre c'est assez
Vous n'en dites que trop quoy vous le confessez,

Apres vn tel discours aurez vous bien l'audace
De vous iustifier.

LEANDRE.

Escoutez moy de grace,
Si i'ay peu pour Iris souspirer quelque iour
Ce n'estoit point Madame, vn veritable Amour,
Ce n'estoit qu'vn essay, qu'vn pur apprentissage,
Pour sçauoir adorer vostre parfaict l'angage.
Pour aimer Orazie il est vray que i'ay pris
Des leçons pour m'instruire en l'Escole d'Iris.

ORAZIE.

Dieux, que cette raison est absurde & friuole
L'Amour pour estre instruit ne va point à l'escole,
Car ou les volontez luy prescriuent la loy,
Il est docte en naissant, il n'apprend que de soy.
Il resueille l'esprit du plus stupide mesme,
On peut instruire autruy, si tost que l'on dit i'ayme,
L'Ecolier est le maistre, & qui prend tant de soins,
D'estre instruit comme vous, sans doute en sçait le moins.

LEANDRE.

Puis que par mes raisons vous me voulez cõfondre
Au moins permettés moy de vous pouuoir respondre,

En me donnant loisir ie m'expliqueray mieux.
Ie donne vn autre exemple, vn homme n'aist sans yeux.
Il entend faire cas de cét Astre qui dore
L'Uniuers de ses rais, que precede l'Aurore,
Quand il peut raisonner, il discourt à par soy,
Quel est cét œil brillant qui cognoit par la foy,
Il oit de sa beauté des loüanges si grandes
Qu'il l'admire en son cœur & luy faict des offrãdes
Possons qu'en vne nuict pleine d'obscurité
Il ait l'heur de iouir du bien de la Clarté,
Que le premier obiect qui paroist à sa veuë,
Soit vne belle estoille en l'ayant apperceuë,
Il croit asseurement que ce brillant esclat.
Est celuy dont chacun luy faisoit tant d'estat.
Mais lors que le Soleil vient en sortant de l'onde
De ses rayons dorez illuminer le Monde,
Chassant a son abord les ombres de la nuit,
Il voit comme aussi tost cette estoille s'enfuit
Ce qui dés là l'oblige à n'en plus faire conte,
Vne estoille qui cede, & qui s'enfuit de honte,
Aussi tost que paroist vn Astre plus puissant,
Peut-elle faire tort à ce Soleil naissant?
Ie suis en cét estat, i'estois priué de veuë,
Auant que d'auoir veu ce bel œil qui me tue,
Et comme ie cherchois si ie pourrois vn iour
Cognoistre quel estoit ce veritable Amour.

Ie vy paroistre Iris, & ie dis en moy mesme,
Voicy ce que ie cherche, & ce qu'il faut que i'aime,
I'adore sur le champ la beauté que ie vy,
Ie ne vy qu'vne estoille, & si i'en fus rauy,
D'autre admiration mon Ame fut saisie
Quand parut à mes yeux l'adorable Orazie.
Qui d'vn brillant esclat à cét Astre pareil
Chassa loing cette estoille au leuer du Soleil.

ORAZIE.

Iris est le Soleil, moy l'estoille à ce conte
Qui paslis deuant elle, & qui m'en fuy de honte,
Car vos lettres font foy que vous faites la Cour
A ce brillant Soleil à toute heure du iour
Et de nuit seulement vous voiez Orazie.

LEANDRE.

Madame donnez trefue à cette ialousie.
Si depuis que sur moy vous auez du pouuoir,
Ie l'ay veue, ou taché seulement de la voir,
Que le Ciel me punisse, elle ne s'est seruie
De cette trahyson que pour m'oster la vie,
Que mon cœur soit en butte à toutes vos rigueurs
Si ie me suis iamais vanté de vos faueurs
Si iamais. ORAZIE
Taisez vous, ie sçay bien le contraire,
On entre ioy du bruit.

IVLIE.

He Dieux! c'est vostre Pere.

ORASIE.

Va Iulie ouure luy par l'autre appartement
Qui respond sur la ruë, Adieu parfaict Amant.
Allez voir ce Soleil qui chasse la nuict sombre
Prés duquel ie ne suis qu'vne estoille & qu'vne ombre.

Fin du premier Acte.

ACTE II.

SCENE PREMIERE.

ORASIE, FLORIMONDE, IVLIE, dans la Chambre d'orasie.

ORASIE.

Ous me rendez Madame, auiourd'huy glorieuse,
Vous m'honorez par trop.

FLORIMONDE

Dieux que ie suis heureuse
De vous trouuer icy comment va la santé?

ORAZIE.

Ie me dois bien porter, puis que i'ay merité
De receuoir l'honneur d'vne t'elle visite.

FLORIMONDE.

Trefue de complimens, auant que ie vous quitte
Vous direz que de vous i'euse trop librement.

ORASIE.

Vous auez tout pouuoir, parléz moy franchement.
Mais seyons nous deuant.

FLORIMONDE.

Oyez doncques Madame,
Ie vous veux descouurir tout ce que i'ay dans l'ame
Vous estes genereuse, & ie puis que ie croy
Vous fier vn secret,

ORASIE.

Reposez vous sur moy.

FLORIMONDE.

Sommes nous seules?

ORASIE.

Ouy, va t'en la bas Iulie.

FLORIMONDE la retenant.

Non demeurez icy.

ORASIE

Parlez ie vous supplie,

FLORIMONDE.

I'aime, & du trait d'Amour mon cœur est si touché
A ce mot ie rougis, mais quoy ie l'ay laché,

ORASIE.

Vous en dites assez, ie vous plains, sans vous plaindre,
Auec tant de merite auez vous rien à craindre?
Est-il homme icy bas qui ne soit glorieux,
De souspirer pour vous, en seruant vos beaux yeux.

Mais me ferez vous point la faueur de me dire
Quel est ce doux vainqueur, qui vous tient en martyre?

FLORIMONDE.

Mon frere à faict venir depuis cinq ou six iours
Chez luy ce cher obiect de mes chastes Amours.
Mais il me fit sur l'heure vne expresse deffence,
De paroistre chez luy du tout en sa presence,
Disant qu'il importoit pour certaine raison
Qu'il s'eust qu'il se tenoit tout seul dans sa maison,
Auec cette deffence il m'augmenta l'enuie,
De le voir fusse mesme aux despens de ma vie,
Apres que ie l'eus veu, ie luy voulu parler,
Ayant sçeu son dessein, & qu'il deuoit aller
Se diuertir sur l'heure en vne promenade,
I'y fus, & le trouuant prés d'vne pallissade
Ie rendy de tout point confuse sa raison,
Alors qu'il s'entendit apeller par son nom,
Bref de son entretien ie fusi satisfaitte,
Que cela de tout point acheua ma deffaitte.
Ie ly voy tous les iours, mais il est en soucy,
De cognoistre mon nom & mon logis aussi
N'ayant peu iusqu'icy refrener cette enuie?
En dépit que i'en eusse, il ma tantost suiuie
Et me suis finement derobée à ses yeux,
Au point qu'il contentoit son desir curieux,

Mais comme a tous momens il est auec mon frere
I'ay peur qu'il ne descouure à la fin ce mistere,
Aydez moy chere amie en cette extremité
I'ay bien dans mon esprit vn moyen inuenté,
Qui de ma defiance est l'asseuré remede
Mais quoy ie ne le puis mettre afin sans vostre aide
Ils ne peuuent manquer de se voir auiourd'huy,
Mais il faut que ie parle auparauant à luy,
Pour y paruenir donc, i'ay trouué la finesse
De le faire conduire en ce lieu par adresse,
Oui e luy parleray si vous le trouuez bon,
Nous pouuons aysement & sans aucun soubson
Nous voir en asseurance, & discourir ensemble.

ORASIE,

Auant qu'en venir là, vous deuez ce me semble,
Peser plus meurement & considerer mieux
Qu'il en peut arriuer du scandale en ces lieux.

FLORIMONDE.

Ie tout consideré n'en soyez point en peine,

ORASIE.

Cette precaution sans doute sera vayne
Car s'il vient à sçauoir.

FLORIMONDE.

Non de cette façon,

Il n'en sçauroit iamais auoir aucun soubson,
Quand nous serons ceans vous & moy separées,
Dedans cette maison on vient par deux entrées
Lidamant peut venir assez facillement,
Par celle de derriere en cét appartement,
Il croira ce logis estre le mien de sorte
Qu'ignorant cõme il faict qu'il ait vne autre porte,
Il ne pensera pas qu'il puisse auoir aussi
D'autre maistre que moy.

ORASIE.

Quel sera mon soucy
Si mon pere suruient.

FLORIMONDE.

Vous estes bien peureuse,
Il faudroit en effect estre bien mal-heureuse,
Si l'on nous surprenoit des le premier larcin,

ORASIE

Ie ne vous celle point que i'en crains bien la fin.

FLORIMONDE.

Sortant par cette porte, il ne le peut surprendre,

ORASIE bas.

Dieux ! i'ay bien plus de peur encore de Leandre,
Elle ne sçait pas tout.

FLORIMONDE.

Parlez moy franchement,

ORASIE.

Je voudrois vous seruir mais ie ne sçai comment.

SCENE II.

Nerine, Florimonde, Orasie, Iulie.

NERINE,

I'Emmeyne Lidamant, il attend à la porte.

FLORIMONDE.

Puis que vous n'auez point de raison assez forte,
Aydez nous chere amie & gardez le secret.

ORASIE.

En cette occasion ie vous sers à regret.

FLORIMONDE.

Faites luy donc ouurir la porte de derriere,
Vous pardonnerez bien cette iniuste priere.

ORASIE.

Vous auez tout pouuoir, ie vous laisse en ce lieu,
Où vous estes Maistresse. Adieu ma Dame.

FLORIMONDE.

Adieu.

SCENE III.

Nerine, Lidamant, Florimonde,

NERINE.

Voicy cette maison que vous brusliez d'enuie
De cognoistre Monsieur.

LIDAMANT.

Mon Ame en est rauie.

FLORIMONDE.

Et bien qu'en dites vous? vous a t'on point surpris,

LIDAMANT.

Ouy, l'excez de ma gloire estonne mes espris,
Car ie ne croyois pas que mon heur fust si proche.

FLORIMONDE.

Sçauez vous bien que c'est pour vous faire vn reproche?

LIDAMANT.

Vn reproche Madame?

FLORIMONDE.

Ouy tres-asseurement.
Ie me plains fort de vous, dites moy Lidamant,

A qui

A qui commenciez vous à conter vostre histoire
Qu'vne fille arriuant si i'ay bonne memoire,
Vous empescha tous deux : Vous de la raconter,
Et l'autre en mesme temps de pouuoir l'escouter;
Parlez respondez moy.

LIDAMANT.

Dieux que puis-je respondre.
Ce discours seulement suffit pour me confondre,
O bel obiect aimable & beaucoup plus aymé
Ie ne sçay que vous dire, helas ie suis charmé,
Ie pourrois sur ce point vostre esprit satisfaire,
Mais ie ne le veux pas i'aime bien mieux me taire.
Dans cette grande ville ou tout nouueau venu
Ie ne me croiois pas d'aucune ame conneu,
Voir d'abord vne Dame auoir la connoissance
De mon nom, de mon bien, du lieu de ma naissance,
Qui lit dans ma pensée & dans mes sentiments
Qui connoit de mon cœur les secrets mouuements,
Ie vous responds assez vous me pouuez entendre,
Auant que d'estre à vous i'estois tout à Leandre,
Et ie mourrois plustost qu'en cette occasion,
I'entreprinse iamais sur son affection,

FLORIMONDE.

Vous pensez Lidamant que ie sois sa Maistresse,
Mais vous vous trompez fort.

LIDAMANT.

Mais donc par quelle adresse
Auez vous peu sçauoir que ie loge chez luy?
Mon nõ, mes qualitez? & tout ce qu'auiourd'huy
Mais depuis vn moment nous auons dit ensemble?
Cela ne se peut pas autrement ce me semble.
Ie croy que i'ay raison.

FLORIMONDE.

Il est tres à propos
De vous tirer d'erreur, & vous mettre en repos,
Sçachez donc Lidamant, que ie possede l'Ame
D'vne ieune beauté, d'vne certaine Dame,
Que Leandre cherit, qui vient souuent chez nous
Qui me parlant de luy m'a fort parlé de vous.
C'est cette Dame là qui peut seule m'apprendre,
Ce que ie sçay de vous & mesme de Leandre
Et quoy que vostre amy soit homme tres discret
A qui l'on peut fier tout important secret,
Cachez luy nostre amour gardez qu'il ne le sçache,
Pour certaine raison qu'à present ie vous cache,
Il y va de ma vie, auec plus de loisir
Ie pourray satisfaire vn iour vostre desir.

LIDAMANT.

Vous voulez m'esclarcir sur cette defiance,

Et vous m'en augmentez encor plus la croyance,
Car si vous n'estes pas.

SCENE IV.

Iulie, Florimonde, Lidamant,

IVLIE bas à Florimonde.

Monsieur vient le voicy.

FLORIMONDE bas à Iulie.

Iustes Dieux Lidamant peut il sortir d'icy?

IVLIE bas à Florimonde.

Non Madame il ne peut, & ne faut pas qu'il sorte
Car Monsieur vient d'entrer par cette mesme porte,
Par ou i'ay tantost faict entrer cét amoureux,
Et de sortir par l'autre il seroit dangereux
Comme vous le sçauez qu'il en eust cognoissance,
Depeschez le voicy, Madame qui s'auance.

LIDAMANT.

Que feray-je Madame?

FLORIMONDE.

Ah Lidamant Adieu.

IVLIE le metant dans vne Chambre.

Entrez, & vous cachez promptement en ce lieu.

LIDAMANT se cachant.

Ah Dieux ? ie suis perdu.

FLORIMONDE.

Que ie suis malheureuse.

SCENE V.

Orasie, Florimonde, Iulie, Nerine.

ORASIE,

HE bien vous m'accusiés tãtost d'estre peureuse
Helas ma deffiance estoit iuste en effect.
Voyés qu'on nous surprend & mesme sur le fait,

FLORIMONDE.

Eust on iamais pensé!

ORASIE.

Ie voudrois estre morte.

SCENE VI.

Tomire, Orasie, Iulie, Nerine, Florimonde,

TOMIRE.

DEpuis quand Orasie ouure t'on cette porte,
Qu'on tient tousiours fermée.

ORASIE.

En voicy la raison
Florimonde auroit fait le tour de la maison
Si l'on n'eust pas ouuert la porte de deriere.

TOMIRE.

Ie ne vous voyois point, vne telle lumiere
Madame excusez moy, m'eblouissoit les yeux.

IVLIE bas.

Quelle confusion.

ORASIE.

Quel desordre grands Dieux.

FLORIMONDE.

Vous m'obligez Monsieur plus que ie ne merite
Adieu belle Orasie, il faut que ie vous quitte.

ORASIE bas à Florimonde.

Quoy ie patiray donc pour la faute d'autruy?
Laissant ce Caualier, que ferai-je de luy?

FLORIMONDE.

Vous auez bon esprit, ie n'ay rien à vous dire.

TOMIRE à Florimonde.

Vous me permettrez bien de vous aller conduire.

FLORIMONDE.

Ie vous baise les mains.

TOMIRE.

Vous resistez en vain.

ORASIE bas à Florimonde.

Iustes Dieux c'est auoir le iugement malsain
Souffrez son compliment s'il s'en va de la sorte,
Cét homme en liberté pourra gaigner la porte.

TOMIRE.

Faites moy cét honneur, ne me refusez point.

FLORIMONDE.

Puis que vous desirez m'obliger à ce point,
I'accepte cét honneur.

SCENE VII.

ORASIE. IVLIE.

ORASIE.

EST-il vray que ie veille!
Fut-il iamais de peine à la mienne pareille?
Puis-ie en cét accident conseruer ma raison?
Car qui croiroit iamais que dedans ma maison
I'euse vn homme caché qui ne m'a iamais veuë

IVLIE.

Ie puis fort aisement le mettre dans la ruë,
Sans qu'il soit veu d'aucun, n'y qu'il vous voye aussi.

ORASIE.

Despéche toy Iulie, oste moy ce soucy,
Ouure luy ie m'en vay, Dieux de crainte ie tremble.

IVLIE ouure & dit bas.

C'est Leandre, Madame, ah Dieux tout est perdu,
Il entre,

SCENE VIII.

L EANDRE, ORASIE, IVLIE.

LEANDRE.

AYant long-temps en la ruë attendu,
I'ay rencontré ma sœur qui conduit vostre pere,
Voyant l'occasion, i'ay creu sans vous desplaire
Que ie pourrois venir vous rendre ce deuoir,
Et donner à mes yeux le plaisir de vous voir.

ORAZIE.

Que faites-vous grands Dieux? où songez-vous Leandre,
Quel sanglant desplaisir desirez-vous me rendre?
Quoy voulez vous me perdre? à peine vous m'ostez
D'vn abysme d'ennuis, & vous m'y remettez,
I'attens dans vn moment le retour de mon pere,
Qui vous peut obliger d'estre si temeraire.
Prenez mieux vostre temps quand vous me voudrez voir,

LEANDRE.

Ah beauté dont mon ame adore le pouuoir,
Souffrez qu'vn seul moment ie repaisse ma veuë,

Des

Des celestes appas dont vous estes pourueuë,

ORASIE.

Sortez donc promptement quand vous aurés parlé
Est-ce assez, voila prés d'vn quard d'heure escoulé.
Dieux ne me tenés pas en suspens dauantage
Mon pere asseurement à conçeu quelque ombrage,
Il a tantost fermé tant il est soubçonneux
La porte de derriere, ô qu'il est ombrageux,
Il emporte la clef, montrant de cette sorte
Asseuré le passage à l'autre afin qu'il sorte.
Il ne fait touts les iours qu'entrer & que sortir.
Dieux ie tremble de peur.

LEANDRE.

Pour vous en garantir
Ie m'en vay de ce pas.

ORASIE.

Allez ie vous supplie
I'entends fraper quelqu'vn.

TOMIRE derriere le Theatre.

Ouurez moy tost Iulie.

ORASIE.

C'est luy mesme ie meurs.

LEANDRE.

Que deuiendray-je? ô Dieux!

Puis que cette autre porte est fermée il vaut mieux
Que ie me cache icy.

Comme il veut entrer dans la Chambre ou est Lidamant Orasie le retient.

ORASIE

Grands Dieux ie desespere,
N'entrez pas là dedans.

LEANDRE

Pourquoy?

ORASIE.

Tousiours mon pere,
En entrant se retire, en cette Chambre là.
Sans doute il vous verroit.

LEANDRE.

Ce n'est point pour cela.
I'ay veu ie le proteste vn homme ce me semble.
Enfermé la dedans.

ORASIE bas,

Dieux de crainte ie tremble
Leandre resuez vous.

LEANDRE.

Non ie ne resue point,
Et ie veux en effect m'esclarcir sur ce point.

ORASIE l'empeschant d'entrer.

N'entrez pas.

LEANDRE,

Desloyalle est ce ainsi qu'on me traitte?

ORAZIE bas.

Dieux qui peut reparer la faute que i'ay faite?
Leandre au nom des Dieux, ayez pitié de moy,
Quoy! me voulez vous perdre!

LEANDRE

Ame ingratte, & sans foy
Vous me trahissez donc, vous m'estes infidelle.

ORASIE.

Me ferez vous rougir d'vne honte eternelle?
Mon pere monte.

LEANDRE en luy mesme.

O Dieux que dois-je faire icy?
Car si dessus ce point ie veux estre esclarcy,
Ie fay voir clairement l'infamie à son pere,
Mais si ie ne veux pas aussi me satisfaire,
Ie souffre en mon honneur vn notable interest.

ORASIE.

Au nom de nostre Amour.

LEANDRE.

Bien bien puis qu'il vous plaist
Ie dissimuleray cette offence cogneue.

SCENE IX.

Tomire, Orasie, Leandre, Iulie,

TOMIRE.

Qvoy! Leandre?

LEANDRE.

Ma sœur estant icy venue,
Ie l'y venois chercher.

ORASIE bas,

Tout va bien iusqu'icy.

TOMIRE.

Ie viens de la conduire.

LEANDRE.

On me la dit ainsi
Ie rends graces à vos soins, Cette faueur insigne
M'oblige estroittement, ma sœur n'en est pas digne
Ie m'en vay la trouuer.

Ils s'entresaluent, & Leandre sort.

TOMIRE.

Ma fille allons la haut.
Ie veux parler à vous.

ORASIE bas.

Ah Dieux le cœur me faut.
Mais que veut-il de moy? Que ce discours m'estõne
Endurons constamment puis que le Ciel l'ordonne.

SCENE X.

LEANDRE seul en la rue.

QVe dois-ie faire icy: Comment Leandre as tu
En cette occasion le courage abatu?
Mais en faisant du bruit i'offencerois ma Dame,
Dois-ie donner ce nom encor à cette infame?
Ouy, ie ne puis hair ce que i'ay tant aimé
Mais, laisseraiſ-ie icy ce Riual enfermé,
C'est par icy qu'il faut que le perfide sorte,
Car le derriere est clos, il n'a point d'autre porte,
Il le faut voir sortir, & sçauoir quel il est,
Endurons cét affront Amour puis qu'il te plaist.
Et que tu veux ainsi t'opposer à ma ioye
Escartons nous, il faut auiourd'huy que ie voye,
S'il est vray que le sort qu'on fait capricieux
Se plaist de seconder les cœurs audacieux.

SCENE XI.

IVLIE LIDAMANT.

IVLIE seule.

PVis qu'ilz sont tous sortis, ie puis en asseurãce
Tirer ce Caualier. Vsons de diligence,
Ouurons. Sortez Monsieur : A vostre occasion
Il est bien arriué de la confusion,
Nous auons eu bien peur.

LIDAMANT.

Ie pouuois bien entendre
Quelques bruits sourds ausquels ie n'ay peu rien comprendre.
Mais ie comprens assez le bien que i'en reçoy,
En ce que vous auez auiourd'huy fait pour moy
Ie le recognoistray sans doute auec vsure.

IVLIE.

Sortons dicy.

LIDAMANT.

Le puis-je.

IVLIE

Ouy.

LIDAMANT.

Ie vous en coniure.

IVLIE bas.

Qu'il sorte seulement, quand il sera dehors
Qu'il arriue en la rue apres dix mille morts.

SCENE XII.

LEANDRE seul en la rue.

MAis elles tardent bien à le faire descendre:
Elles n'oseroiẽt pas que ie croy l'entreprẽdre
Car on se doute bien que ie l'attens icy,
I'en veux estre pourtant amplement esclarcy,
Ne craignons rien, montons. Dieux ie cours à ma perte,
Personne n'est icy ie voy la porte ouuerte.
Appellons le, feignons estre de la maison,
Caualier suiuez moy, n'ayez aucun soubçon
Vous ne respondez point? Ah volage, ah pariure?
Entrons voyons la fin d'vne telle auenture.

Il entre dans la Chambre & ferme la porte sur luy.

SCENE XIII.

ORASIE seule.

MOn pere seulement ma dit qu'il s'en alloit
Pour quatre iours aux champs, Ah si le Ciel vouloit

Que ie pusse euiter la foudre toute preste
La foudre sur mon chef à m'escraser ma teste?
Iulie? Elle est sortie, & ie suis en soucy.
Comment ie tireray ce Caualier d'icy.
S'il me voit il verra que ie suis la maistresse
Que Florimonde excuse au malheur qui me presse,
Elle apelle à la porte pensant parler a Lidamant
Il me faut preferer mon interest au sien
Sortez d'icy Monsieur, & ne redoutez rien,
Ne vous estonnez point de me voir ie vous prie.

SCENE XIIII.

LEANDRE, ORASIE.

LEANDRE.

Leandre sort de la Chambre

Quoy? ne m'estonner pas de cette effonterie?
Quoy? ne m'estonner pas de vous voir?

ORASIE surprise bas.

Iustes Dieux.

LEANDRE.

Me faire cette iniure?

ORASIE bas.

Helas!

LEANDRE.

Mesme à mes yeux!
Quoy ne m'estonner pas de vous voir si coupable?

ORA-

ORASIE bas.

Que dois-ie deuenir.

LEANDRE.

Si lache.

ORASIE bas,

Ah miserable.

LEANDRE.

Et si perfide?

ORASIE bas.

Helas, quel malheur me poursuit?

LEANDRE.

Voyez le desespoir ou mon sort me reduit,
Direz vous point encore infidelle Orasie,
Que ie me plains à tort que c'est ma ialousie?
Que la cause est certaine, & les effects sont faux?
Que i'ay grand tort encor d'acuser ces defaux?

ORASIE.

Ie suis morte mon cœur, ie ne sçay que respondre.

LEANDRE.

Cela suffit il point encor pour vous confondre?
Lasche & meschãt esprit, que voulez vous de moy?

ORASIE.

Ie veux que vous n'ayez nul doute de ma foy.

LEANDRE se promenant.

Non vous ne m'auez fait iamais aucune iniure.
I'ay veu chez vous vn homme? ah l'estrange imposture,
I'ay grand tort d'accuser vostre fidelité,
Quoy? vous m'auez trahi? c'est vne fausseté,
Ie n'ay point de raison de vous auoir blasmée,
Vous ne m'auez point dit la porte estre fermée,
De l'autre apartement, par ou s'est eschapé
Cét incogneu riual? Ouy ie me suis trompé?
Sy i'ay creu qu'à present vous parliez à moy mesme
Pensant parler à luy, c'est vn mensonge extresme,
D'auoir veu rien du tout, non non ie n'ay rien veu,
Ie me trompe Madame, & mes yeux m'on deceu,
Vous n'auez contre moy commis aucune offence,
Et ie me prens à tort à la mesme innocence.

ORASIE.

Laissons la ce discours Leandre escoutez moy
Et ie vous feray voir que i'ay gardé ma foy,
Ouy i'atteste les Dieux,

LEANDRE.

Ah l'impudence extresme

ORASIE.

Si ie ments que les Dieux punissent mõ blaspheme.

LEANDRE.

Infidelle auez vous encor assez de front
De vous iustifier apres vn tel affront.

ORASIE.

Ouy Leandre, peut-estre auez vous eu raison
Vous aurez veu sortir quelqu'vn de la maison.

SCENE XV.

Iulie, Leandre, Orasie.

IVLIE.

IE l'ay mis en lieu seur.

LEANDRE.

Qu'en dites vous Madame?
Pourois-ie auoir encor quelque scrupule en l'ame?
C'estoit vn domestique, ouy c'est la verité.

IVLIE bas.

Qu'ais-ie dit malheureuse, helas i'ay tout gasté.

ORASIE.

Dans ma confusion ie demeure muette
Iustes Dieux vous sçauez la faute que i'ay faite,

Que des Dieux irritez i'esprouue le courroux,
Si i'ay peché Leandre auiourd'huy contre vous.

LEANDRE.

Ouy vous auez raison, c'est moy qui suis coupable.

ORASIE.

Non non ie ne ments point ie suis tres veritable.

LEANDRE

Mais qui dont à failly.

ORASIE.

Ie vous estime tant
Que sçachant que le fait, vous est tres important,
I'aymerois mieux cent fois mourir que de le dire,
Car vous retomberiez en vn tourment bien pire.

LEANDRE.

Quand on n'a rien à dire, & lors qu'on veut mẽtir
C'est ainsi que l'on parle, & qu'on sçait repartir,
Mais adieu pour iamais infidelle Orasie,
Suiuez les mouuemens de vostre frenesie,
Vous ne me causerez iamais aucun soucy.

ORASIE le retenant.

Non, non, ie ne veux pas que vous partiez ainsi.

LEANDRE.

I'atteste tous les Dieux à qui ie rends hommage
Que si vous me pressez encore dauantage,
Ie vous perdray Madame, & que i'obligeray
Vostre pere à descendre à qui ie conteray
Ce que ie vient de voir, ce que ie viens d'apprendre.

ORASIE

Escoutez moy mon cœur, arrestez cher Leandre,
Mon Amour ie le iure à tort vous est suspect.

LEANDRE

Ayant perdu l'amour, i'ay perdu le respect,
Non ie n'escoute plus.

ORASIE.

Arreste-le Iulie. Il s'en va.

IVLIE bas.

Moy? l'arrester Madame? ah Dieux quelle folie.

ORASIE.

Va va, perfide ingrat, va si tu fuis de moy,
Ie sçay bien les moyens de te trouuer chez toy.
Florimonde faut-il que pour t'auoir seruie
Ie perde en mesme temps & l'honneur & la vie?

Fin du second Acte.

ACTE III.

SCENE PREMIERE.

FABRICE, LIDAMANT. dans leur Chambre.

Ou venez vous Monsieur? qu'auez vous?

LIDAMANT.

Ie ne sçay,
Fabrice, d'ou ie viens, moins encor ce que i'ay,
Ne m'importunes point.

FABRICE.

Qu'elle douleur extresme
Vous a troublé l'esprit, & mis hors de vous mesme?
D'ou vous n'aist ce chagrin cette mauuaise humeur?

LIDAMANT.

Tay toy n'augmente pas encore ma douleur,
Ne t'en informe pas. Accommode mes hardes,
Apprefte mes cheuaux. Qu'est ce que tu regarde?
Je veux sortir d'icy plus vite que le vent,

Va tost, despesche toy, Regarde auparauant,
Si Leandre est icy, i'ay deux mots à luy dire.

FABRICE.

Il n'est pas au logis. Sa fureur deuient pire,
Que veut dire cela?

LIDAMANT.

Leandre asseurement
Est au comble de l'heur & du contentement,
Il est entre les bras de sa chere maistresse
Il a refait sa paix. Mais Dieux en ma tristesse,
Au malheur qui m'accable, au facheux souuenir
De tant de maux presents que dois-ie deuenir?

FABRICE.

Que i'en sçache la cause.

LIDAMANT.

Ouy ie le veux Fabrice,
Escoute, & de mon sort admire le caprice,
La Dame que tu sçais m'a tantost fait sçauoir
Par vn certain billet que ie l'allasse voir,
Vne fille à l'instant m'a mené droit chez elle,
I'entre dans vn logis dont l'apparence est belle,
Les meubles precieux, mais ce qui plus l'ornoit,
C'estoit cette beauté de qui l'œil me charmoit.

Elle m'a fait d'abord quelque plainte legere,
Comme ie m'excusois elle a sceu que son pere
Arriuoit au logis & tremblante de peur
M'a fait incontinent retirer en lieu seur:
Ils parloient assez haut mais ie n'ay peu comprendre,
Leurs discours que i'oyois, sans les pouuoir entēdre
La porte estoit fermee, & leurs confuses voix
Venoiēt bien iusqu'à moy dans la chābre ou i'ettois,
Vn homme ouure la porte & moy ie me tins ferme,
Et sans passer plus outre vne fille la ferme:
Sans auoir discerné la forme n'y les traicts
Ny de l'vn ny de l'autre, vn peu de temps apres,
Vne fille confuse & troublee est venue
Qui m'a pris par la main, & m'a mis en la rue.
Tesmoignant auoir peur que Leandre le sceust
Non seulement de moy mais qu'il s'en aperceust
De sorte que confus d'auoir veu ce mystere
Ie ne puis me resoudre à ce que ie dois faire,
Et me faut estre enfin de moy mesme ennemy,
Offencer ma Maistresse, ou trahir mon Amy,
Si de ce cher amy cette Dame est maistresse,
Ie la dois accuser comme lasche & traistresse,
Mais si ce ne l'est pas i'emploirois sans raison,
Contre elle vne si lasche & noire trahison
Contre elle qui m'adore. Elle à raison peut-estre
De ne le vouloir pas encor faire connoistre

Peut-

Peut-estre qu'vn suiect que i'ignore, peut bien,
Empescher que sur touts, Leandre en sache rien.
Dans la confusion qui n'aist de ce mystere,
Ie ne sçay, si ie dois ou parler ou me taire,
Puis que de tous costez ie me voy malheureux
Le meilleur est ie croy de les quitter tous deux,
Mon Amy n'aura point de suiect de se plaindre,
Ny ma maistresse aussi, ny moy plus rien à craindre,
Apreste tout mon fait, donne ordre a mon depart,
Car ie m'en veux aller dãs vne heure au plus tart
Quand ie deurois cent fois courir à ma ruine,
Et mourir en quittant cette beauté Diuine.

FABRICE.

Ce dessein est louable, & d'vn cœur genereux
Ie vay vous obeyr. Fabrice sort.

LIDAMANT seul.

Que ie suis malheureux
Quelle confusion à la mienne est esgale?
Adieu Paris Adieu, sortons de ce Dedale,
De cette Babilon de ces lieux enchantez,
Ou les illusions passent pour veritez.
Femme qui que tu sois auec ton artifice,
Et tes precautions que le Ciel te benisse.
Vaie te dis adieu, ie vay t'abandonner.

FABRICE rentre.

Vostre habit est tout prest, on me le va donner
I'ay dit que nous montons à cheual dans vne heure.

LIDAMANT.

Le sort en est ietté! Mais faut-il que je meure?
Faut-il que le caprice, & les inuentions
D'vne femme bijarre en ses precautions
Me chasse de Paris en quittant mes affaires?
Ouy, va tost preparer les choses necessaires.
I'entre en mon cabinet & reuiens à l'instant.

SCENE II.

NERINE, FLORIMONDE.
dans leur Chambre.

NERINE.

MAdame pensez-y, ne vous hastez pas tant,
Et considerez mieux ce que vous voulez faire,
Si vous entrez chez luy, pensez que vostre frere
Y pourra suruenir, & vous surprendre là.

FLORIMONDE.

Tay toy, te dis je, il faut se resoudre à cela,

Ne me replique point. Ne viens tu pas de dire,
Qu'il est prest à partir.

NERINE.

Ouy Madame, il desire
S'en aller dans vne heure, Au moins à ce que dit,
Son homme qui m'a fait demander son habit.

FLORIMONDE.

Peux tu donc t'estonner, si mon Amour m'oblige
A vouloir diuertir ce depart qui m'afflige?
Il a sçeu qui ie suis, il n'en faut point douter,
Et c'est ce qui l'oblige à me vouloir quitter,
Il la sçeu d'Orasie, il aime trop mon frere,
Et ne voudroit pour rien en m'aimant luy deplaire,
C'en est là le suiect.

NERINE.

Mais s'il s'en veut aller,
L'en empescherez vous?

FLORIMONDE.

Ouy, ie luy veux parler.
Ie veux si ie le puis destourner cette enuie,
Et l'empescher aussi de m'arracher la vie,
Et d'emporter vn cœur que l'ingrat ma volé. Elle sort.
Atten moy.

SCENE III.

Lidamant, Fabrice, Florimonde, dans la Chambre de Lidamant.

LIDAMANT.

V *A sçauoir ou Leandre est allé,*
Ie luy veux dire Adieu.

Fabrice sort & rentre à l'instant.

Monsieur ie vous aporte
Pour nouuelle, que i'ay rencontré sur la porte
Celle que vous sçauez.

LIDAMANT.

Que dis tu?

FARRICE.

Florimonde entre.

La voicy
C'est elle.

FLORIMONDE.

Lidamant que veut dire cecy?
Est-ce le procedé d'vn homme Magnanime,
D'vn braue Caualier tel que ie vous estime,
De partir de la sorte, & de quitter ce lieu,

Sans m'en faire aduertir, & sans me dire Adieu?
Vous qui dites m'aimer & m'estre si fidelle?

LIDAMANT.

Qui vous à fait sçauoir si tost cette nouuelle?
Ce dessein de partir m'a pris en vn moment,

FLORIMONDE.

La mauuaise nouuelle en Amour, Lidamant
Ne va pas comme on dit, promptement elle vole

FABRICE.

Il n'en faut point douter, ie vous donne parole
Qu'elle a quelque Demon qui luy sert de valet
Seroit elle point sœur de nostre Esprit Folet?

FLORIMONDE.

Il est donc bien certain, & ma peur n'est point vaine

LIDAMANT.

Ouy, ie m'en veux aller, la chose est tres certaine,
Vous en estes la cause, & ie m'en fuy de vous.

FLORIMONDE.

Ah ie sçai Lidamant d'ou vous naist ce courroux,
Vous sçauez qui ie suis! (ie me sens si confuse
Que ie ne puis parler) si c'est là vostre excuse,

Si cette cognoissance, & ce ressentiment,
Vous fait abandonner Paris si promptement,
Encor que ce depart ne tend qu'à me destruire,
Ie coniure les Dieux qu'ils vous vueillent conduire.
Si i'ay teu qui i'estois, & mon extraction,
Il estoit important à nostre affection,
Mais pour plusieurs raisons, & sans vostre dommage
Vous ne pouuiez alors en sçauoir dauantage.

LIDAMANT.

Ie ne vous entends point, Non, car ie vous cognois
Aussi peu maintenant que ie vous cognoissois,
Qui me fait vous quitter, n'est que la meffiance
Que vous auez de moy, car par quelle apparence
Croiray-je d'estre aymé, Puis qu'en toutes façons
Vous auez refusé d'esclarcir mes soubçons?

FABRICE

Leandre vient icy.

FLORIMONDE.

Grands Dieux ie suis perdue.

LIDAMANT,

Mais pourquoy? que vous peut importer cette veue
Vous vous desesperez & ie ne sçay pourquoy.
Leandre est mon Amy, vous estes auec moy
Dequoy vous fachez vous.

FLORIMONDE.

Que ie ſuis miſerable,
Mais puis que le malheur de tous coſtez m'accable,
Et qu'il faut ſuccomber à la fin au tourment,
Ie ne me veux plus taire, Eſcoutez Lidamant,
Ie ſuis. Ie ne puis pas en dire dauantage,
Il entre, le voicy. Dieux ie perds le courage,
Ma vie eſt en vos mains, ie me iette en vos bras.
Secourez moy de grace, & ne me perdez pas.
I'entre en ce cabinet. Elle ſe cache.

LIDAMANT en luy meſme.

En la peur qui la preſſe
Il faut aſſeurement que ce ſoit ſa maiſtreſſe.
Ie n'en ſçaurois douter.

SCENE IV.

Leandre, Lidamant, Fabrice & Florimonde cachée.

LEANDRE.

AH! mon cher Lidamant.

LIDAMANT.

Leandre, qu'auez vous?

LEANDRE.

Vn excez de tourment,
Vne gesne, vne rage, vn despit si sensible
Que de vous l'exprimer il ne m'est pas poßible,
Ah l'estrange accident qui me vient d'arriuer,
C'est pour m'en diuertir que ie vous viens trouuer.

LIDAMANT.

Commẽt? Ayant les Dieux à vos vœux si propices,
Ie vous croyois nager au milieu des delices,
Et i'enuiois quasi vostre felicité
Quoy! n'auez vous pas veu cette ieune beauté?
N'auez vous pas encor fait vostre paix ensemble,
Pour moy ie le croyois, mais à ce qu'il me semble,
Vous en estes bien loing? qu'auez vous!

LEANDRE.

Ah voicy.
Le plus grand de mes maux.

LIDAMANT.

Fabrice sors d'icy.

Fabrice s'en va.

LEANDRE.

Vous disiez bien tantost parlant de ialousie,
Cher amy, qu'aussy tost qu'vne ame en est saisie
C'est le plus grand malheur qu'on puisse receuoir,
Qu'il vaut mieux la dõner cent fois que de l'auoir.

LIDAMANT.

Mais en si peu de temps, cõment vous à peu naistre
Ce soubçon si facheux que vous faites paroistre?
Sans doute il la suiuie, & ce soubçon ie croy,
Ou ie me trompe fort, luy vient d'elle & de moy.

LEANDRE.

Escoutez cher Amy, cette histoire est estrange,
Elle vous surprendra. I'ay tantost veu cét Ange,
I'appelle de ce nom celle qui m'a charmé,
Dont l'œil quoy que diuin vaut moins qu'il n'est aymé,
Ie ne vous diray point combien deuant ses charmes,
I'ay ietté de souspirs & respandu de larmes,
Afin de l'asseurer de ma fidelité
De qui ses vains soubçons ont fait quelle à douté
M'estant iustifié fort content ie la quitte,
I'i suis venu apres faire une autre visité
Mais son pere arriuant il m'a falu cacher,
En trouuant une Chambre (Ah Dieux comme vn rocher
Ie demeure immobile a ce discours funeste)
I'ay veu l'ombre d'vn homme,

LIDAMANT bas.

Ah grands Dieux ie proteste
Que voila de tout point, ce qui m'est suruenu.

LEANDRE.

Ah cher Amy, pourquoy me suis-ie retenu?
Et pourquoy le respect, & d'elle & de son pere
Ont ilz en ce besoin fait calmer ma colere?
Mais quoy ie me suis t'eu, i'ay fait la lacheté,
De me monstrer discret en cette extremité.
Et l'ingratte m'a veu tesmoigner plus d'enuie
De garder son honneur que de sauuer ma vie,
Enfin sans dire mot ie me suis retiré,
Et me suis resolu triste, & desesperé.
De l'attendre à la rue, afin de le cognoistre.

LIDAMANT.

Et bien quel homme estoit-ce?

LEANDRE

Il s'en est fuy le traistre
Une fille l'auoit sur l'heure mis dehors,
Dieux c'est vne douleur pire que mille morts
De craindre, & ne sçauoir qui ie crains,

LIDAMANT bas.

C'est la mesme
Il n'en faut point douter, c'est la Dame que i'ayme,
Ouy c'est elle en effect de qui ie suis aymé,
C'est moy qu'elle a tenu dans sa Chambre enfermé?

Mais puis qu'il n'en sçait rien, il faut que mon absence
Termine tant de maux.

LEANDRE.

Dieux quelle extrauagance?
Vous resuez est-ce ainsi qu'il me faut consoler.

LIDAMANT bas.

La chose est resoluë, Ouy ie m'en veux aller,
Ne vous estonnez point cher amy ie vous prie,
Ce suprenant discours cause ma resuerie.
I'en ay bien du suiect en l'estat ou ie suis.

LEANDRE.

Que me conseillez vous?

LIDAMANT.

Oubliez.

LEANDRE.

Ie ne puis.

SCENE V.

Fabrice, Leandre, Lidamant, Orasie,

FABRICE.

VNe Dame est là bas qui demande Leandre.

LEANDRE.

C'est elle, ie ne veux ny la voir ny l'entendre.

LIDAMANT.

Ce n'est peut-estre pas celle que vous pensez,
Vous vous pourriez tromper.

LEANDRE.

Ie la cognois assez,
Ouy c'est elle, qui croit qu'aysement on m'abuse,
Elle vient me donner quelque mauuaise excuse,
Pour me faire passer pour vne fausseté
Ce que ie sçay fort bien estre vne verité.

Orasie entre.

LIDAMANT en luy mesme.

Quelle confusion à la mienne est pareille?
Est-ce vne illusion? Est-il vray que ie vueille?
Si c'est celle qu'il ayme, auec quelle raison,
Me dit-il qu'il a veu cacher dans sa maison.

Certain hõme inconnu puis que c'estoit moy mesme?
D'ailleurs si c'est icy la maistresse qu'il ayme,
Qui peut-estre (grands Dieux, ie perds icy les sens)
Cette autre qui se vient d'enfermer la dedans?

ORASIE à Lidamant.

Lidamant permetez que ie parle à Leandre,

LEANDRE.

Mais quoy! sçauez vous bien s'il voudra vous entendre?

ORASIE au mesme.

De grace obligez moy, laissez nous seuls icy.

LIDAMANT bas en s'en allant.

Madame ie m'en vay. Ie suis bien en soucy,
Ie suis bien empesché de ce que ie doy faire.
Dieux ou doit aboutir la fin de cette affaire?
Comment cét autre icy pourra t'elle sortir?
Changeons, chãgeons d'aduis ie ne veux plus partir
Mon doute est esclarcy, rien ne my peut cõtraindre,
Et ie n'ay plus icy desormais rien à craindre.
Sa maistresse est icy, l'autre dont ne l'est pas.
Laissons les, descendons & i'attendray la bas.

SCENE VI.

Orasie, Leandre, Florimonde cachée.

ORASIE

PVis que nous sommes seuls escoutez moy Leandre.

LEANDRE

Pourquoy vous escouter?

ORASIE.

Ie vous veux faire entendre
Le suiect qui m'emmeyne.

LEANDRE,

Il n'en est pas besoin,
Non Madame ie veux vous espargner ce soin.
Si ie vous veux ouir, vous conterez merueilles.
Ouy, vous dementirez mes yeux & mes oreilles,
Si c'est là le suiect qui vous ameine icy,
Vous pouuez bien vous taire, & me laisser aussi.

ORASIE.

Ie vous veux faire voir à clair mon innocence,
De grace escoutez moy.

LEANDRE.

Ce seul mot là m'offence.

Il est vray ie l'ay veu, i'en atteste les Dieux,
Ou bien les veritez *sont* fausses *à mes yeux.*

ORASIE.

Sans doute ie serois de raison despourueuë,
De vouloir en ce point dementir vostre veuë
Ouy ie tenois vn homme enfermé.

LEANDRE.

C'est assez.
Vous n'en dites que trop. Quoy! vous le confessez?
Apres vn tel adueu prendrez vous bien laudace
De vous iustifier.

ORASIE.

Escoutez moy de grace.

LEANDRE.

Il valloit Orasie, il valoit beaucoup mieux
Me cacher vostre honte, & dementir mes yeux.
C'est bien estre en effect de vous mesme ennemie,
D'auouer franchement ainsi vostre infamie,
O la fidelle Dame, O la constante foy.

ORASIE.

Mais iusques à la fin de grace escoutez moy,
Ie ne veux qu'vn moment i'aurois grand tort Leandre
De desmentir vos yeux, ie ne m'en puis deffendre.

Ils ne vous trompoient point, ie ne sçaurois nier
Qu'on a caché chez moy tantost vn Caualier.
Mais i'ateste les Dieux & sur tous Hymenée,
Que i'ay gardé la foy que ie vous ay donnée,
Que ie n'ay peu commestre vn pariure pareil,
Que mon honneur est pur autant que le Soleil,
Que c'est vous seulement que ie cheris au monde,
Si ie mens d'vn seul mot que le Ciel me confonde.

LEANDRE.

Quel est cet homme là?

ORASIE.

Ie ne le cognoy point.

LEANDRE.

Faut-il qu'à vostre crime vn mensonge soit ioint?
Mais que faisoit il là?

ORASIE,

Ie ne vous le puis dire

LEANDRE.

Pourquoy?

ORASIE.

Ie n'en sçay rien.

LEANDRE.

Est-ce pas pour en rire.
Me voila bien sçauant, ie suis fort satisfait?

ORASIE.

La satisfaction la plus grande en effect
Est de n'en rien sçauoir.

LEAN-

LEANDRE.

Je rougis de sa honte
Le beau resonnement, l'excuse à vostre conte
Est en ce que i'ignore, ou ie ne comprens rien,
Et la faute consiste en ce que ie sçay bien,
Quoy doncques voulez vous que le biẽ que i'ignore
Vainque ce que ie sçais, & voulez vous encore,
Que mon bien soit douteux, & mon mal asseuré?
Ie n'ay plus rien à craindre & tout considerer,
La satisfaction est certes excellente
Croiez vous en effect que cela me contente,
Ie voy que vous m'aimez & me gardez la foy.
Ie n'en sçaurois douter,

ORASIE.

Leandre croiez moy
Il y va trop du vostre, & si vous estes sage,
Vous ne chercherez pas d'en sçauoir dauantage.

LEANDRE

Vous m'auez dit tantost de pareilles raisons,
Qui ne font qu'augmenter encor plus mes soubsons:
C'est le dernier ressort quand on ne sçait que dire,
Quelque mal que ce soit il ne peut estre pire,
Car ce que i'ay veu marque assez vostre peché
Pourquoy chez vous vn homme à quel dessein caché.

Si vous ne contentez en ce point mon enuie
Ie ne vous veux ny voir ni parler de ma vie.

ORASIE.

Que feray-je grands Dieux ? bien ie vous le diray.

Florimonde auec sa coiffe & son masque passe au trauers de la Chambre derriere eux & gagne la porte, descend & dit tout bas

Non ferez, si ie puis, ie vous en garderay

LEANDRE.

Quelle femme est ce là ?

ORASIE.

Quoy vous auez l'audace
De faire l'ignorant.

Il veut courir apres Orasie le retient.

LEANDRE.

Permettez moy de grace,
Madame au nom des Dieux que ie suiue ses pas
Ie veux sçauoir qui c'est.

ORASIE le retenant.

Non non, vous n'irez pas
Vous bruslez de desir de courir apres elle
Pour luy faire vne excuse ame ingratte infidelle,
Ie vous entens desia, Madame que i'ai quitté
Pour courir apres vous cette moindre beauté
Dont les attraits cõmuns me causent peu de peine.

LEANDRE.

Tenez pour verité, mais verité certaine,
Que ie ne sçai qui c'est i'en atteste les Dieux.

ORASIE.

Ne iurez point Leandre, & desmentez mes yeux.
Vous le sçauez tres bien, C'est Iris ie l'ay veuë,
Et croyez qu'en passant ie l'ay bien recognue.

LEANDRE.

Madame croyez moy, non, ce n'est point Iris,
Vueilleis-ie ousi ie songe ha que ie suis surpris,

ORASIE.

Ie ne m'estonne plus de ce qu'a ma venuë
Vous auez tant de peine a soutenir ma veue,
Vous possediez chez vous des attrais plus puissans
Pensez vous m'abuser, & surprendre mes sens,
Que veut dire cela, Leandre? quelle honte?
Le beau raisonnement, l'excuse a vostre conte
Est en ce que i'ignore, ou ie ne comprens rien,
Et la faute consiste en ce que ie sçai bien.
Quoy doncques voulez vous qui le bien que i'ignore
Vainque ce que ie sçais & voulez vous encore,
Que mon bien soit douteux, & mon mal asseuré?

LEANDRE.

Ie ne sçay ce que c'est, ie vous en ay iuré,
Par la vous vous sauuez de vostre perfidie!

ORASIE.

Ce que ie dis eſt vray, ſuffit que ie le die,
Ie ſuis plus veritable en ce point là que vous.

LEANDRE.

C'eſt iuſqu'au dernier point exciter mon courroux.
Vous ne meritez pas ſeulement qu'on vous nomme
N'ay-ie pas tantoſt veu dans voſtre Chambre vn homme?

ORASIE.

Aurez vous bien le front de me nier auſſi
Qu'vne femme maſquée eſtoit n'aguere icy?

LEANDRE.

Ie ne la cognoy point.

ORASIE.

I'ay moins de cognoiſſance
De cét homme cent fois.

LEANDRE

A l'extreme impudence?
Vous la ſçauez tres bien, car vous l'alliez nommer.

ORASIE.

Adieu, perfide, adieu, n'oſez pas preſumer
Que iamais ie vous parle, ou que ie vous regarde.

LEANDRE,

Prenez garde Orasie.

ORASIE.

Aquoy prendray-ie garde.

LEANDRE.

Ah! c'est trop mal traiter vn homme comme moy,
Dont la plainte est si iuste.

ORASIE

Ame ingratte, & sans foy,
Est-ce à tort? direz vous que ie me l'imagine?
Ie voy qu'on me trahit, ie voy qu'on m'assassine.

LEANDRE.

Le Ciel lit dans mon cœur, & voit que i'ay raison.

ORASIE.

Ie suis sans crime aucun, vous plain de trahison.
Qui recognoissez mal le feu qui me consomme.

LEANDRE

N'ay-ie pas tantost veu dans vostre chambre vn
homme?

ORASIE.

Ne viens-ie pas de voir vne femme en ce lieu?
Ie vais à la Campagne, Adieu perfide, Adieu,
Ne vous attendez pas de me voir de ma vie.

LEANDRE.

Apres ce que i'ay veu i'en ay fort peu d'enuie
Allés vous promener auecque ce riual,
A qui ce fer icy bientost sera fatal,
A qui par mille endroits ie feray vomir l'ame.

ORASIE.

Et moy i'arracheray les yeux à cette infame.

Ils s'en vont l'vn par vn costé & l'autre par l'autre.

Fin du troisiesme Acte.

ACTE IIII.

SCENE PREMIERE.

FLORIMONDE, NERINE.
dans leur Chambre.

FLORIMONDE.

TOut c'est passé Nerine ainsi que ie le dy

NERINE.

Ce procedé Madame est vn peu trop hardy
Dieux que vous m'estõnez, & que ie suis surprise.

FLORIMONDE.

C'est à n'en point mentir vne haute entreprise,
Mais tout consideré i'ay fait ce que i'ay deu,
Car voiant aussi bien que tout estoit perdu,
Et que mon frere alloit apprendre d'Orasie,
Ce que ie crains le plus il m'a pris fantaisie,
De rompre leurs discours & par cette action
Ie suis venue à bout de mon intention
Il faut aux maux pressants hazarder toute chose,
Et pour dire en effect la principale cause,

Qui m'a le plus poussée à ne redouter rien,
Qui m'a plus enhardie est que ie sçauois bien
Qu'en tout cas Lidamant estoit pour me deffendre
Qui n'auoit garde en bas de manquer à m'attendre
Mais mieux que ie n'ay creu le tout m'a reußy,
Ie me trouue en ma Chambre exempte de soucy,
Ma presence sans doute aura fait qu'Orasie
Aura mis à son tour vn peu de ialousie,
Lidamant n'a risqué rien pour l'amour de moy,
I'ay fait taire Orasie ainsi que ie le croy,
Et mon frere de plus ne m'a point recognue,
I'ay coulé doucement à peine m'a t'il veue.

NERINE

La chose a succedé mais n'y retournez plus.

FLORIMONDE.

Nerine tes conseils sont icy superflus,
Le dessein m'enhardi & me donne l'enuie
D'en entreprendre vn autre au peril de ma vie
Il faut trouuer moyen si ie puis auiourd'huy
De reuoir Lidamant. & de parler à luy.

NERINE.

Quelqu'vn entre,

FLORIMONDE.

Voyez.

NERINE.

C'est Monsieur vostre frere,

FLO-

SCENE II.

Florimonde, Leandre, Nerine.

FLORIMONDE.

IE voy bien qu'il n'a pas la fortune prospere,
Mon frere qu'auës vous qui vous gesne si fort.

LEANDRE.

Helas ma chere sœur ie voudrois estre mort.
I'ayme vne fille ingratte, en deux mots c'est vous dire
La douleur que ie sens, mais ce n'est pas le pire,
I'ay veu qu'on me trahit enfin ie suis ialoux,
Et loge dans mon cœur vn Dieu plein de courroux,
Comme ie luy contois ce matin mon martyre
I'ay veu.

FLORIMONDE.

Qu'auez vous veu?

LEANDRE

Dieux le pourray-je dire
Vn homme qu'elle auoit dans sa chambre enfermé?

FLORIMONDE.

Est-il possible ô Dieux.

LEANDRE.

Lors de rage enflamé
Ie sors hors de sa Chambre, & l'attends à la ruë
Mais il ne paroist point, Orasie est venue,
Me voir comme i'estois là bas chez Lidamant.
Comme nous discourions en son appartement
Et comme elle taschoit auec toutes ses ruses.
De colorer son fait par de foibles excuses
Pleurant pour m'appaiser & souspirant en vain,
Vne femme cachée au cabinet prochain
Passe au trauers de nous & descend.

FLORIMONDE.

Vne femme?
Dieux que me dites vous?

LEANDRE.

Ie croy que cette infame
Estoit là par vn ordre exprez de Lidamant
A qui i'en ay parlé mais fort modestement,
Il a sur ce suiet eu peine à me respondre
Il la nié mais moy de peur de le confondre,
Ie ne l'ay pas pressé fort longs temps la dessus,
Enfin quoy qu'il en soit, escoutez le surplus,
Croyant que c'est Iris, la cruelle Orasie
Est de nouueau rentrée en telle ialousie,
Qu'elle fuit ma rencontre, & moy d'autre costé,

Qui ſuis de cette ingratte indignement traitté
Ie bruſle de colere, & bruſle auſſy d'enuie,
De reuoir cét obiect de qui deſpend ma vie.
Mais auant que la voir ma ſœur ie voudrois bien,
Eſclaircir mon ſoubſon, & par voſtre moyen,
Ne me refuſez pas chere ſœur ie vous prie.

FLORIMONDE

Mais que puiſſe pour vous.

LEANDRE

Par certaine induſtrie
Qui vient de mon eſprit, vous me pourrez guerir.

FLORIMONDE

I'y feray mon effort quand i'en deurois mourir.

LEANDRE

Il faut qu'vn de ces iours vous l'alliez voir chez elle,
Et que vous luy diſiez que pour vne querelle,
Qu'à tort ie vous ay faitte, & vous faindrez pour quoy,
Vous ne deſirez point demeurer auec moy,
Que ma mauuaiſe humeur ne ſoit du tout changée.
Et la coniurerez de vous tenir logée
Pour quelque peu de iours dans ſon appartement,
Ce qu'elle accordera ſans doute librement

La vous me seruirés d'vn espion fidelle,
Vous sçaurés qui luy parle & qui hante chez elle,
Vous sçaurés quel riual la porte a me trahir.

FLORIMONDE.

La chose est bien aisée, il vous faut obeir
Quand biẽ dans cét proiect ie verrois mille obstacles
Amour estant vn Dieu peut faire des miracles,
Vous connoistrês par là mon zele & mon deuoir,
Reposez vous sur moy ie vous sers des ce soir.
Ie vous diray pourquoy l'ingrate vous dedaigne.

LEANDRE.

Elle est allé vomir son fiel à la Campagne,
Et ne doit estre icy de trois iours de retour,

FLORIMONDE.

Bien i'iray dans trois iours.

LEANDRE.

Seconde nous Amour
Fay tant par ton pouuoir que cette ingrate amãte
Recognoisse sa faute & quelle s'en repente,
Il s'en va. *Fay tant que de ses yeux son ame ait la douceur,*
Vous me donnez la vie adieu ma chere sœur.

FLORIMONDE.

Au dela de mes vœux ie trouue Amour propice,

Voyez comme il me presse a luy rendre vn office.
Que cent fois plus que luy i'ay lieu de souhaiter
Nerine i'oy du bruit, i'entens quelqu'vn monter
Va regarde qu'y c'est.

SCENE III.

Florimonde, Orasie, Iulie, Nerine.

FLORIMONDE.

Est-ce vous? chere amie.

ORASIE.

Ah! vous m'auez comblé de honte & d'infamie
Vostre frere à chez moy tantost veu Lidamant
Enfermé dans ma chambre.

FLORIMONDE,

Ah Madame & comment?

ORASIE.

Il n'importe comment, il est tout en colere,
Sorty hors de chez moy, qui pour le satisfaire
L'ay cherché iusqu'icy, les yeux baignez de pleurs
Qui tesmoignoient assez l'excez de mes douleurs,
Qui ne iustifioient que trop mon innocence,
Mais quoyquelque raisõ que i'eusse en ma deffence,

Ie n'ay peu faire entendre à ce cœur irrité
Rien qui peust l'esclarcir de ma fidelité,
Ie n'ay pourtant rien dit de tout ce qui vous touche,
Ma discrette amitié m'auoit fermé la bouche;
Vne femme enfermée en quelque lieu prochain,
Sort, passe deuant nous sans parler & soudain
En gaignant le degré monstre à sa contenance
Quelle prend du martel de nostre conference,
Ie croy que c'est Iris, ou ie me trompe fort,
Car elle à ce me semble, & sa taille, & son port.

FLORIMONDE.

Il n'en faut point douter, voyez l'effronterie,
Qu'à fait mon frere allors.

ORASIE.

Je ne vy de ma vie,
Vn homme plus surpris, il à fait l'estonné,
Voulant courir apres ie l'en ay detourné?
La dessus i'ay vomy ce que i'auois dans l'ame,
Et contre ce volage & contre cette infame,
Voyant qu'on outrageoit iusque là mon Amour
Croyez que i'ay bien fait la cruelle à mon tour,
Comme il m'auoit nommée & perfide & pariure,
Contre luy iustement i'ay repoussé l'iniure,
Nous nous sommes quittez enfin fort mal cõtents
Et pour le mieux piquer i'ay faint d'aller aux champs,

Mais c'est pour auoir lieu d'vser d'vn stratageme,
Ou personne ne peut me seruir que vous mesme,
Ie brusle de desir maintenant de sçauoir
Si c'est Iris qui vient à toute heure le voir.
Car cette Iris sur tout trouble ma fantaisie,
Et cause les effetz de cette ialousie,
Vous m'auez dit tantost qu'en son appartement,
Vne porte respond au vostre tellement
Que par là, puis qu'enfin la chose est euidente
Ie pourrois découurir quelle est cette impudente,
Et guerir les soubsons de mon esprit ialoux
Si ie pouuois passer deux ou trois nuits chez vous,
Car pour autant de iours mon pere est en campagne
Ne me refusez pas chere & belle compagne,
Ie vous ay tantost fait vn seruice important,
Qui vaut bien qu'auiourd'huy vous m'en faciez autant
Et que vous respondiez à cette courtoisie.

FLORIMONDE.

Vous m'offenseriez trop d'en douter Orasie,
Vn obstacle pourtant s'oppose à ce dessein,
Mais i'y remediray.

ORASIE

Quel peut-il estre?

FLORIMONDE.

En vain
Ie voudrois vous celer le soubson de mon frere,

Estant fort mal fondé, n'estant qu'immaginaire,
Il brusle comme vous de desir de sçauoir
Quel est ce Caualier qu'il croit qu'il vous vient voir,
Et pour y paruenir, sçachez qu'il se propose,
Le mesme expedient toute la mesme chose.
Que vous me proposez, voulant pareillement
Que ie sois ces trois nuits dans vostre apartement,
Feignāt que nous auons eu quelque pique ensemble,
I'entends mon frere & moy, tellement qu'il me sēble
Qu'il seroit à propos, si vous venez icy
Que pour vous y seruir, ie m'y trouuasse aussy.
Et n'allant pas chez vous il diroit

ORASIE.

Au contraire.
Pour plus commodement terminer cette affaire,
Il faut que vous feigniez m'auoir dit des ce soir
Toute vostre dispute & luy faire sçauoir,
Et puis nous changerons de logis tout à l'heure,
Cette voye en effect me semble la meilleure.

FLORIMONDE.

Comment donc ferons nous?

ORASIE.

Demandez vous comment
Pourquoy tant consulter Nerine promptement,

Qu'on

Qu'on luy donne sa coiffe, & son masque, vne affaire
Se perd le plus souuent alors qu'on la differe,
Allons, nous n'en auons des-ja que trop parlé?

FORIMONDE,

En quelque part que soit Lidamant trouue lé?
Entens tu bien Nerine, & luy dy que s'il m'aime,
Il me vienne trouuer ce soir au logis mesme
Où tantost il m'a veuë, Apres reuiens icy,
Pour seruir Orasie, il est meilleur ainsi,
Qu'en changeant de logis, nous changions de suiuante.
Viens donc suy moy Iulie.

ORASIE.

Aux affaires pressantes
Il faut agir ainsi.

FLORIMONDE.

Ie le trouue tres bon.

ORASIE.

Madame, soyez donc Maistresse en ma maison.
Comme si vous estiez chez vous, ie vous supplie.

FLORIMONDE.

Faites de mesme icy.

ORASIE.

Toy pren garde Iulie.
de luy bien obeyr.

IVLIE.

Ie n'y manqueray pas.

FLORIMONDE.

Despeschons nous Iulie.

IVLIE.

Allons ie suis vos pas.

SCENE IV,

Lidamant dans sa Chambre, & Fabrice auec vn papier.

LIDAMANT.

Qvel papier est ce là Fabrice?

FABRICE.

C'est vn conte

De l'argent que i'ay mis.

LIDAMANT.

Que dis tu?

FABRICE.

Qui se monte

A sept liures huit sols, & memoire du temps

Que ie vous ay seruy, qui sont pres de cinq ans

Moins quatre mois, six iours.

LIDAMANT.

Qui t'oblige à ce faire?

FABRICE.

C'est pour vous demãder s'il vous plaist mõ salaire.

LIDAMANT.

Encor pour quel suiect ?

FABRICE.

Parce que ie cognoy
Que vous n'auez Monsieur plus affaire de moy,
Vous ne voulez iamais que ie vous accompagne,
Si ce n'est quelque fois encor à la Campagne,
Si quelqu'vn vous viẽt voir, vous me faites sortir
Et vous allez dehors sans m'en faire aduertir.
De cette façon là ie ne sçaurois pas viure.
Pourquoy m'empeschez vous touts les iours de vous suiure?
Vous allez en des lieux ou peut-estre mon bras
Dans les occasions ne vous m'anqueroit pas.
A ne vous point mentir, ce procedé me fasche
Il faut qu'auprez de vous ie passe pour vn lasche,
Ou pour quelque causeur. Ie suis assez discret
Et croy meriter bien qu'on me fie vn secret.

LIDAMANT.

N'impute ce silence & cette solitude
Qu'à mon esprit chagrin tout plein d'inquietude,

Je t'aime, cher Fabrice, autant que ie le doy
Si tu sçauois mon mal tu pleurerois pour moy.

FABRICE

Quittons donc ce pays puis qu'il vous importune,
Ne sçauriez vous ailleurs trouuer vostre fortune?
Arrachez vous, Monsieur, cette espine du sein.

LIDAMANT.

Fabrice, ie ne puis, i'ay changé de dessein
Ie suis trop enchanté des yeux de cette belle,
Pour pouuoir seulement viure vn moment sans elle
Puis voyant mon soubçon de tout point esclaircy,
Rien ne m'oblige plus à m'en aller d'icy.
Il reste encor vn poinct que ie ne puis comprendre,
Ie pensois qu'elle fust Maistresse de Leandre
Et ie ne regardois que son seul interest,
Ie suis hors de ce doute, & ie ne sçay qui c'est.

FABRICE.

Qui c'est? ie le sçay bien moy,

LIDAMANT.

Toy?

FABRICE.

Moy ie le iure.

LIDAMANT,

Que ne le dis tu donç?

FABRICE.

C'est quelque Creature
Qui par inuentions cherche de vous tromper,
Croyez que les plus fins s'y laissent attraper.

LIDAMANT.

Ie suis trop glorieux de l'estre de la sorte,
Mais pren garde, i'entends quelqu'vn à cette porte

SCENE V.

Nerine, Fabrice Lidamant.

NERINE.

EScoutez Lidamant, celle que vous sçauez.

FABRICE.

Femme, d'où tombes-tu?

NERINE

Que t'importe?

LIDAMANT.

Acheuez.

NERINE.

Veut auoir cette nuit l'honneur de vostre veuë,
Venez y sans manquer, vous sçauez bien la ruë,
Et le logis aussi, c'est dans le mesme lieu,

Elle sort. *Il n'est point de besoing de vous conduire Adieu.*

FABRICE,

A ton iamais parlé d'vn succez plus estrange?

LIDAMANT.

Courage, cette nuit, ie m'en vay voir mon Ange.

FABRICE.

Cet Ange est bien obscur, mais que n'est-ce en plain iour.

LIDAMANT.

En attendant la nuit, ie m'en vay faire vn tour.
Et toy ne manque pas en ce lieu de m'attendre,
Et si ie tarde trop, fais aduertir Leandre
Qu'il souppe en arriuant, qu'il ne m'attende point.

FABRICE.

C'est me desesperer iusques au dernier point
Vous laisser aller seul? ie n'en ay nulle enuie,
Ou vous auez couru danger de vostre vie,
Ou vous craignez vn pere aussi bien qu'vn riual,
Ou sans doute il vous peut arriuer quelque mal,
Vous n'irez point tout seul si vous me voulez croire.

LIDAMANT.

Sçaurois-ie estre en peril lors que ie suis en gloire,
Ie ne puis la dedans, estre qu'asseurement?

SCENE VI.

Leandre, Lidamant, Fabrice,

LEANDRE.

OV s'adressent vos pas? vous sortez Lidamant!

LIDAMANT.

Leandre, ie ne sçay comme ie vous puis taire
N'y comme i'ose aussi vous conter ce mystere?
Un respect bien puissant me deffend de parler,
Mais mon bon-heur m'oblige à ne vous rien celer
Aurez vous bien le temps pour ce soir?

LEANDRE.

Ouy la flame
Qui m'embraze le cœur, & me consomme l'ame,
Et l'ingrate beauté qui me donne des lois
Me donnent du loisir plus que ie ne voudrois
Ie suis à vous ce soir, & toute la nuict mesme

LIDAMANT.

Scachez donc, cher amy, que la beauté que i'ayme,
M'a fait sçauoir icy que tout seul, & sans bruit,
Ie ne manquasse pas de la voir cette nuict
C'est celle dont tantost si vous auez memoire

Ie commençois chez vous à vous conter l'histoire,
Qu'vne fille arriuant en empescha le cours
Si ie ne vous ay point acheué ce discours,
C'est que ie redoutois, veu mesme l'apparence,
De commettre en ce poinct contre vous vne offence,
Mais esclaircy qu'à tort i'auois eu ce soubçon.
Que ce fait ne vous touche en aucune façon,
Il faut absolument que ie vous entretienne,
Il n'est pas encor nuict, attendant qu'elle vienne,
Allons nous promener, ie surprendray vos sens
Par le nombre infiny des rares accidents
Qui me sont suruenus, que vous croirez à peine.

LEANDRE.

Encor de quel costé?

LIDAMANT.

Tyrons deuers la Seyne.
Allons sur le Pont-neuf.

LEANDRE

En cette occasion
Ie pourray diuertir vn peu ma passion.

LIDAMANT à Fabrice.

Toy, va-t'en au logis.

FABRICE bas.

Non, ie n'en veux rien faire,
Ie les suiuray tous deux leur deusse-ie desplaire;
Mais de peur d'estre veu, ie les suiuray de loing,
Ie ne desire pas leur manquer au besoing.

SCE-

SCENE VII.

LISIS, TOMIRE dans la ruë.

Lisis soustenant Tomire sous les bras.

REposez vous sur moy Monsieur, à l'heure mesme
Nous serons au logis.

TOMIRE.

Ma douleur est extreme.
Ie ne puis resister à la force du mal.

LISIS.

Qu'au diable soit donné le maudit animal.
Qui vous a fait tomber, mettez vous à vostre aise
Encor si nous pouuions rencontrer une chaise.

TOMIRE.

Ie le voudrois Lisis, Ah Dieux ie n'en puis plus.

LISIS.

Voyez cét escalier, reposez vous dessus
Ie vay voir si ie puis en rencontrer quelqu'vne.

TOMIRE.

Ie plains ma fille helas sçachant mon infortune.
I'ay peur que le regret ne la face mourir.

LISIS.

Ayez soin seulement de bien tost vous guerir
Vous serez mieux pensé chez vous qu'à la Campagne.

TOMIRE.

Ie croy que le malheur de tout point m'acompagne,
Il est tard, ils seront tous retirez chez moy.

LISIS.

Il n'en faut point douter, Ouy Monsieur ie le croy,
Il n'est pas encor nuit, mais Madame Orazie
N'est pas de celle là dont la coquetterie
Les porte iour & nuit à vouloir caioler.

TOMIRE.

Lisis en arriuant i'ay peur de l'esueiller.

LISIS.

Songez à vous Monsieur, ie reuiens tout à l'heure,
Quãd vous l'esueilleriez craignez vous qu'elle meure.

TOMIRE.

Ah la iambe.

LISIS.

Attendez, ie m'en vay de ce pas
Au prochain Carfour ie ne tarderay pas.

Fin du quatriesme Acte.

ACTE V.

SCENE PREMIERE.

Leandre, Lidamant, Fabrice caché.

LEANDRE de nuit.

L'Histoire me surprend.

LIDAMANT.

Dedans ces dependances
Ie laisse à vous conter beaucoup de circonstance
Qui la rendroient plus belle, A present qu'il est nuit
Et qu'elle m'attend seul, retirez vous sans bruit,
Et me laissez aller.

LEANDRE.

Moy que ie vous delaisse
Me soubçonneriez vous de si grande foiblesse,
Vous estant veu chez elle en vn si grand danger
Y retourner sans moy ce n'est pas m'obliger,
Non non, ie sui vos pas, disposez de ma vie,
Ne croyez pas pourtant que ce soit par enuie,
De sçauoir vos secrets, ny troubler vostre Amour,
I'attendray dans la ruë & iusqu'au poinct du iour
Ouy, ie veux s'il le faut toute la nuit attendre.

LIDAMANT.

Ce ſeroit abuſer de vous, mon cher Leandre.

LEANDRE.

On n'abuſe iamais d'vn veritable Amy.
Celuy-là ne l'eſt point qui ne l'eſt qu'à demy
Quoy qu'il puiſſe arriuer durant cette entreueue,
Sçachez que vous aurez vn Amy dans la rue,
Qui pour vous seconder a le cœur aſſez fort,
Et qui vous defendra meſme iuſqu'à la mort.

LIDAMANT.

Puiſ-je douter de vous, & de voſtre courage,
En voyant cette preuue ? & ce grand teſmoignage
Qu'il vous plaiſt me donner de voſtre affection?
I'accepte la faueur, mais à condition
Que vous me traiterez auec meſme franchiſe.

LEANDRE

Ne perdez point de temps ſuiuez voſtre entrepriſe.

FABRICE bas caché derriere eux.

Ie les voy, mais d'icy ie ne les entends pas.
Il s'approche. *Approchons de plus pres, & marchõs ſur leurs pas.*

LIDAMANT.

Roy du bruit.

N

LEANDRE

Qui va la?

FABRICE.

Nul ne va, ie demeure.

LEANDRE.

Passez vostre chemin, viste mais tout à l'heure.

FABRICE,

Et pourquoy?

LIDAMANT.

Passez outre.

FABRICE.

Il n'est pas de besoin.
De passer plus auant, ie ne vay pas plus loing.

LIDAMANT.

Amy que cherchez vous?

FABRICE,

A vous rendre seruice.

LEANDRE l'espée à la main.

Passez, ou ie.

FABRICE

Toubeau Monsieur, ie suis Fabrice.

LIDAMANT.

Que fais tu là?

FABRICE.

Ie viens.

LEANDRE.

Retourne t'en maraut
Ou ie te,

LIDAMANT.

Laissez lé ne parlez pas si haut,
Ne faites point de bruit icy mon cher Leandre,
Celle que ie viens voir nous pourroit bien entendre,
Son logis n'est pas loing.

LEANDRE.

Est-ce proche d'icy?

LIDAMANT.

Nous sommes arriuez peu s'en faut le voicy.

LEANDRE.

Quoy! c'est là son logis?

LIDAMANT.

Ouy c'est le logis mesme,
Que ie cherche ou se tient cette beauté que i'ayme,

LEANDRE.

A elle vn pere?

LIDAMANT.

Ouy.

LEANDRE.

Quoy! c'est cette maison,
Ou l'on vous à tenu pres d'vne heure en prison?

LIDAMANT.

C'est la mesme maison & la mesme personne.

LEANDRE.

Ou son pere.

LIDAMANT.

Arriua.

LEANDRE bas.

Que ce discours m'estonne.
Qui vous surprit chez elle, & qui vous obligea,
A vous cacher ainsi.

LIDAMANT.

Ie vous l'ay dit desia,
C'est là que m'arriua cette belle aduenture,

LEANDRE

Amy, songez y mieux, La nuit estant obscure,
Vous nouueau dãs Paris vous pourriez que ie croy,
Vous estre vn peu mespris?

LIDAMANT.

Vous mocquez vous de moy?
Asseurement c'est la.

LEANDRE.

Cela ne peut pas estre.

LIDAMANT.

Voila, ie le sçay bien sa porte & sa fenestre,
Ne passez pas plus outre, Amy demeurez-là,
Je m'en vais apeler.

LEANDRE.

Que veut dire cela?
Cette maison sans doute est celle d'Orazie
De quel estonnement est mon ame saisie?
Quoy! mon meilleur Amy seroit-il mon riual

LIDAMANT.

Retirez-vous, ie vay luy faire le signal,
Car ie ne voudrois pas,

LEANDRE.

Vous m'auez ce me semble,
Conté lors que tantost nous discourions ensemble,
Que celle maintenant qui vous attend icy
Est la mesme qui m'a tant causé de soucy,
Troublant de ma Maistresse encor la fantaisie.

LIDAMANT.

Ouy c'est la mesme.

LEANDRE bas.

Donc ce n'est pas Orazie,
Car nous estions ensemble, il n'en faut point douter,
Et que l'autre qui vint?

LIDA-

LIDAMANT.

Ie ne puis escouter.

LEANDRE.

Estoit.

LIDAMANT.

Toubeau l'on ouure.

IVLIE à la fenestre.

Est-ce vous.

LIDAMANT a Leandre.

On m'appelle.

IVLIE.

Est-ce vous Lidamant ?

LIDAMANT.

Ouy c'est moy.

LEANDRE bas.

L'infidelle.

C'est Iulie. Ah grands Dieux, ie suis tout interdit.

IVLIE.

Attendez ie descends.

LIDAMANT bas a leandre,

La seruante m'a dit.

Qu'elle s'en va m'ouurir.

LEANDRE.

Oyez ie vous supplie.

Deuant.

LIDAMANT.

Ie ne le puis.

LEANDRE bas.

Ah perfide Iulie,

Si c'est.

LIDAMANT.

Elle m'attend.

LEANDRE.

La Dame.

IVLIE à la porte.

Lidamant.

LIDAMANT.

Me voila.

LEANDRE.

Qui tantost.

IVLIE.

Entrez donc promptement

LIDAMANT en entrant.

Nous nous verrons apres.

SCENE II.

Comme Lidamant entre Leandre veut entrer aprez luy, & Iulie luy ferme la porte au nez.

LEANDRE, FABRICE

LEANDRE.

ME traitter de la ſorte?
Iulie effrontément fermer ſur moy la porte?
Peut on voir iuſtes Dieux vn Amant plein de foy
Plus troublé, plus confus, & plus trahi que moy?
Comment? ie viens chercher au logis d'Oraſie
Celle qui luy cauſoit tantoſt ſa ialouſie?
Qui paſſant au trauers de la Chambre ou i'eſtois
Nous a ſi fort ſurpris, pendant que ie parlois
A la meſme Oraſie? ô l'eſtrange impoſture,
Cherchons la verité, mais qui ſoit toute pure,
Elle a menti l'ingrate, icy tout m'eſt ſuſpect,
Ne croyons que nos yeux, oublions tout reſpect.
Rompons tout, briſons tout, renuerſons cette porte.
Que faiſ-je iuſtes Dieux? la colere m'emporte
Viens-je pas de donner parole à Lidamant?
Mais qu'importe l'honneur, qu'importe le ſerment
Quand on bruſle d'amour, qu'on meurt de ialouſie,

Non non, ie veux tout perdre en perdant Orasie,
La perdre? iustes Dieux le pourrai-je souffrir,
Rompons.

FABRICE.

Que faites vous Monsieur?

LEANDRE.

Ie veux mourir.
M'en peut-on empescher? qu'est-ce qui me retarde?

FABRICE.

Mourir? qu'i dites vous? dõnez vous en bien garde.

On entend frapper de grands coups à la porte de deuant.

LEANDRE.

Mais quel bruit est-ce là?

FABRICE.

C'est quelque autre ialoux.
Qui frappe à quelque porte, aussy bien cõme vous.

SCENE III.

Tomire, Iulie, Leandre, Lidamant, Florimonde, Fabrice.

TOMIRE derriere le Theatre.

OVurez Iulie, ouurez.

IVLIE derriere le Theatre.

Grands Dieux ie desespere
C'est Monsieur.

LEANDRE

Ie me trompe, ou c'est la voix du pere.

On entend des bruits d'espee derriere le Theatre.

FABRICE,

Quel bruit,

Tomire derriere le Theatre.

Penses tu donc euiter mon courroux.

Lidamant sort auec Florimonde entre ses bras dans l'obscurité.

Ne vous estonnez point Madame asseurez vous.

TOMIRE.

Dieux cruels qui souffrez ce meschãt qui m'affrõte
Comment me laissez vous suruiure a cette honte.

LIDAMANT.

Puis que ie suis dehors, ie vous deffendray bien.

FLORIMONDE.

Menez moy droit chez vous, & ie ne crains plus rien.

LIDAMANT.

Cherchons vn mien amy qui m'attend à la rue.

FLORIMONDE.

Est-ce Leandre?

LIDAMANT.

Ouy.

FLORIMONDE.

Grands Dieux ie suis perduë.

LIDAMANT.

De quoy vous troublez vous?

FLORIMONDE.

Lidamant escoutez,
Leandre est.

LIDAMANT.

C'est en vain que vous le redoutez,
Leandre est mon Amy, ne craignez rien Madame,
Il n'est plus temps icy de vous cacher.

FLORIMONDE.

Ie pasme.
Ie suis morte autant vaut.

LIDAMANT.

Leandre.

LEANDRE.

Me voicy,

LIDAMANT.

Ah grands Dieux quel malheur viẽt d'arriuer icy.

LEANDRE.

Ne le puis-je sçauoir?

LIDAMANT.

Admirez mon adresse,
Comme ie discourois auecque ma maistresse,
Son pere est arriué, qui frappe, & nous surprend,
Personne ne respond, & sur l'heure on entend,
Que cedant a l'excez du courroux qui l'emporte
Aydé de son valet, il rompt du pied la porte.
Et l'espée à la main, le bon homme est venu,
M'attaquer furieux, De peur d'estre cognu,
N'ayant autre moyen, i'ay tué la chandelle,
Et dans l'obscurité, i'ay sauué cette belle
De peur qu'on n'ait dessein de courir apres nous
Ie fay le guet icy, conduisez là chez vous.

LEANDRE.

Fabrice le peut faire auec plus d'asseurance
Et nous demeurerons icy pour sa deffence.

LIDAMANT.

Seulle auec vn valet & dans ce lieu suspect!
Non ce seroit par trop luy manquer de respect. Lidamant s'en va.
Moy de peur d'accident ie garderay la ruë,

SCENE IV.

Leandre, Florimonde, qui croit estre Orasie.

LEANDRE en l'obscurité dans la rue.

A La fin Orasie.

FLORIMONDE bas.

Ah Dieux ie suis perdue.

LEANDRE.

A la fin ie vous tiens, vous n'eschaperez pas.

FLORIMONDE bas.

Que dois-ie deuenir?

LEANDRE.

Est-il homme icy bas,
Qui m'esgale en malheur? ne craignez rien cruelle,
Encor que vous soyez inconstante, infidelle,
Et que vous m'outragez iusqu'au dernier point,
Ie vous garantiray, non non, ne craignez point.

FLORIMONDE bas.

Que serace de moy?

LEANDRE,

Garnds Dieux est-il possible,
Que vous me reseruez vn tourment si sensible?

SCENE

SCENE V.

Tomire, Lisis, Fabrice, Lidamant, Tomire, & Lisis l'espée à la main.

TOMIRE dans la ruë.

Si les forces du corps, me manquent, i'ay du cœur, & plus qu'il ne m'en faut pour venger mon honneur.

LIDAMANT l'espée à la main.

Nul ne passe, arrestez.

TOMIRE.

Attend moy de pié ferme.
Infame. car ta vie est à son dernier terme,
Il faut que ie te tuë.

FABRICE.

Ah ie tremble de peur.

LIDAMANT.

Reioignons nostre amy qui doit estre en lieu seur.

FABIRCE.

Ou diable suis-ie allé? i'estois bien las de viure?

TOMIRE.

Ou vas-tu traistre ? Ah Dieux, ie ne le sçaurois suiure,
Lisis mon mal me presse & ne puis aduancer.

LISIS prend Fabrice.

Voicy quelqu'vn des siens.

FABRICE pris.

Eusse-ie peu penser
Que mon maistre iamais m'eust delaissé ?

TOMIRE.

Qu'il meure,
Le traistre, le pendart, que ce soit tout à l'heure.

FABRICE.

Monsieur, au nom des Dieux ayez pitié de moy.

TOMIRE.

Ton nom ?

FABRICE.

Le Curieux Impertinent, ie croy
Si la peur ne me trompe.

TOMIRE.

Infame r'en l'espée.

FABRICE presentant son espée.

Elle ne fut iamais aux combats occupée,
C'est trop peu de l'espée. Ah prenez mon chapeau,
Mon poignard, mon pourpoint, mes chausses mon manteau,
Et s'il en est besoin, iusques à ma chemise.

TOMIRE.

Est-tu pas le valet!

FABRICE.

Ie parle sans faintise.

TOMIRE.

Du traistre qui rauit, l'honneur de ma maison,

FABRICE.

Ouy Monsieur ie le suis, & vous auez raison.

TOMIRE,

Son nom!

FABRICE,

C'est Lidamant qui loge chez Leandre.

TOMIRE.

Ie ne te turay pas, mais ie te feray pendre,

FABRICE.

Il faut en quelque lieu qu'il soit l'aller chercher.

TOMIRE.

Mais Lisis soustiens moy, ie ne sçaurois marcher
Ie periray plustost que l'affront m'en demeure.

SCENE VI.

Leandre, Florimonde, vn valet, Orasie & Nerine, au logis de Leandre, dans l'obscurité.

Leandre vient chez luy auec Florimonde qu'il tient par la main, pensant tenir Orasie, ouure auec la clef la porte, & Orasie & Nerine, escoutent dans la Chambre de Florimonde, en obscurité.

LEANDRE

DE la chandelle hola.

Vn valet derriere le Theatre.

Bien Monsieur tout à l'heure.

Orasie dans la Chambre de Florimonde bas à Nerine.

Escoutons ce que c'est, i'entends du bruit icy.

LEANDRE à Florimonde.

Me voila belle ingratte à la fin esclaircy?
Pourriez vous soustenir.

Orasie à Nerine,

C'est auec vne femme
Qu'il parle, escoutons lé?

LEANDRE à Florimonde.

N'estre pas vne infame?
Ingratte, desloyalle, inconstante, & sans foy?
Que me respondrez vous?

FLORIMONDE bas.

Iustes Dieux sauuez moy.

LEANDRE à Florimonde.

Est-ce pour ce suiect que vous estes venue
Tantost à mon logis?

ORASIE à Nerine.

C'est celle que i'ay veue
Chez luy, c'est elle mesme.

LEANDRE à Florimonde.

Ay-je autre chose à voir?
Vous voila maintenant ingrate en mon pouuoir.
Voions si vous pourrez rencontrer quelque ruse
Qu'elle fourbe à present vous seruira d'excuse?
Aurez vous bien le front d'oser me maintenir
Que ie me suis trompé? pourrez vous soustenir
Que cette verité *soit* fausse *comme l'autre?*

Parlez donc respondez car il y va du vostre,
Mais que pourrez vous dire? ha miserable iour.
Qui premier alluma le feu de mon Amour.

ORASIE bas à Nerine.

Nerine escoute un peu de quelle hardiesse
Il soustient son amour, & comme il le confesse.

Elle entre en l'obscurité par la porte qui respond dans la Chambre de Leandre.

NERINE.

Que faictes vous Madame?

ORASIE bas à Nerine.

Ah Nerine ie veux
Entrer dans cette Chambre afin d'approcher d'eux
Pour ouir de plus pres ma sentence derniere.

LEANDRE.

Veut-on pas promptement apporter la lumiere?

Vn valet derriere le Theatre.

Ie la cherche Monsieur, ie m'en vay de ce pas.

FLORIMONDE bas.

S'il l'apporte grands Dieux, que ne dira t'il pas?
Voyons si ie pourrois de ses mains me deffaire.

LEANDRE.

Respondez, n'ayant rien à dire, il se faut taire.

Florimonde s'eschappe de ses mains & dit bas.

Courage tout va bien, ie suis hors de ses mains.

Leandre pensant reprendre Florimonde prend Orasie par le bras, qui se trouue au pres de luy dans la mesme Chambre.

LEANDRE.

Vous pensez eschaper mais vos efforts sont vains.

FLORIMONDE bas.

Ah Dieux, si ie pouuois trouuer la porte ouuerte.

LEANDRE.

Mais que gagneriez vous? la fourbe est decouuerte
Non non, ne craignez rien, ie seray trop vangé
Quand ie vous conuaincray de m'auoir outragé,
La chandelle venant vous n'aurez plus d'excuse,
Ie veux que vous soyez entierement confuse,
Et que vous n'ayez rien du tout à repartir.
Et mesme vous oster le pouuoir de mentir.

ORASIE bas.

Ie ne veux dire mot, il m'a prise pour elle,
Quand on apportera tantost de la chandelle.

Et qu'il me cognoistra, Dieux qu'il sera surpris,
Voyant qu'il parle à moy.

FLORIMONDE bas.

I'ay repris mes esprits,
Quelheur pour moy d'auoir trouué la porte ouuerte.
Sans cela i'estois morte, & courois à ma perte.
Elle entre dans sa Chambre & ferme la porte.
Me voicy maintenant en lieu de seureté.

LEANDRE.

Seray-ie encor long temps en cette obscurité?
De la chandelle hola.
Vn valet apporte à la chandelle.
Monsieur, ie vous l'apporte.

LEANDRE.

Sors promptement d'icy. Ie vay fermer la porte.

Le valet sort & Leandre va fermer la porte.

ORASIE bas.

Dieux qu'il sera surpris à l'heure qu'il verra
Que c'est à moy qu'il parle, & qu'il me cognoistra.

LEANDRE.

Et bien perfide, & bien desloyalle Orazie?
Est-ce vne illusion que cette ialousie?
Vous estes innocente & vous auez raison.
Non, vous n'auez commis aucune trahison:
Vous n'auez point trompé Leandre qui vous ayme,

Mais

Mais peut-estre ay-je tort, & ce n'est pas vous mesme
Non, non, c'estoit vn autre à qui ie m'adressois,
Ie me suis abusé Madame cette fois
Ie me trõpe sans doute & vous pren pour vn autre.

ORASIE.

Dieux! c'ect vn procedé merueilleux que le vostre.
Quoy! ne vous troubler point en cette occasion?
Me voir d'vn sens rassis, & sans confusion?
Parler auec ce front, auec cette impudence?

LEANDRE.

Ouy ie me prens à tort à la mesme innocence?
Vous deuez me blasmer. Car i'y procede mal.
De vous liurer moy mesme aux mains de mõriual.

ORASIE

Ie deuois en effect me plaindre la premiere
Leandre, cette ruse est vn peu trop grossiere,
Vous voyant conuaincu, dites moy de quel front?
Osez vous maintenant paslier cet affront?
Vous voir entre mes bras lors que vous pẽsiez estre
Entre les bras d'vn autre, & me faire paroistre
Que c'est illusion, & que c'est en effect
Moy que vous surprenez à present sur le fait?

Et ce qui fonde mieux cette ſurpriſe extreſme
Feindre parler à moy comme eſtant elle meſme.

LEANDRE.

Voyez auec quel front cette infidelle, ment.
Ah ie pers de tout point icy le iugement,
I'eſtois auec vn autre impudente effrontée?

ORASIE.

A quoy bon ce diſcours? la mine eſt eſuentée,
Mon oreille & mes yeux m'ont dit la verité.

LEANDRE.

Voyez la trahiſon, voyez la lacheté,
Mais cette femme encor qu'eſt elle deuenue?
Comment à t'elle peu diſparoiſtre à ma veue.

ORASIE

Pourquoy demandez vous ce que vous ſçauez bien

LEANDRE

Cette fourbe eſt groſſiere, & ne vous ſert de rien.
Parlons auec raiſon, dites moy ie vous prie,
Auez vous bien encor aſſez d'effronterie,
De vouloir deuant moy nier impudemment,
Que comme vous eſtiez auecque Lidamant,
Voſtre pere arriuant, vous a traittez de ſorte

Qu'à tous deux il à fait soudain gaigner la porte:
Que Lidamant n'a pas luy mesme eu le soucy
De vous mettre en mes mains pour vous conduire icy:
Dites que i'ay menti, que i'ay peu me mesprendre,
Qu'il est faux que ie sois,

ORASIE.

Vous me raillez Leandre!
Quels contes fabuleux icy me faites vous:
A moy qui des ce soir n'a point esté chez nous:
Dire que vous m'auez en ces lieux emmenee,
Moy qui chez vostre sœur ay passé la iournée,
Exprez pour m'esclaircir, & voir ce que ie voy.

LEANDRE frappe à la porte de sa sœur.

Nous le sçaurons bien tost, Florimonde ouurez moy.

FLORIMONDE, ouure, entre, & dit bas:

Il faut dißimuler,

LEANDRE.

Est-il vray qu'Orasie
Estoit auecque vous?

FLORIMONDE.

Dieux quelle frenesie,
Orasie auec moy! mais pour quelle raison?
Ie deuois dans deux iours aller à sa maison,

Comme vous m'auez dit tantost pour cette affaire
Dont vous m'aués parlé, mais elle pourquoy faire,
venir en mon logis.

ORASIE.

Quoy pouuez vous nier
Que ie sois arriuée icy pour vous prier
De demeurer ceans ? & que vous?

FLORIMONDE l'interrompant.

Ces paroles
Mon frere, ne sont rien que des contes friuoles.
Tout ce qu'elle vous dit est faut asseurement.

LEANDRE.

Et bien que dites vous, voyez vous pas comment
On vous manque à present, Icy de garantie ?
Voyons si vous auez aucune repartie,
Ma sœur ne songe à vous en aucune façon,
Et d'elle vous voulez me donner du soubson,
Et par vn procedé qui n'est pas legitime,
Vous la faites tremper mesme dans vostre crime,
Mais ie la cognoist bien ie sçay bien qu'elle elle est.

FLORIMONDE bas à Orasie.

Pardonnez chere Amie, icy mon inthereſt.
Doit marcher le premier.

ORASIE.

Ie commence à comprendre
L'affaire comme elle est. Escoutez moy Leandre.
Madame asseurez vous, que ie n'oubliray rien,
Gardez vostre interest ie garderay le mien.
Puisque la verité se depeint toute nuë,
Il faut qu'en cét estat elle vous soit cognuë,
Ie veux declarer tout, & parler franchement.

NERINE.

Quelqu'vn frappe à la porte.

LIDAMANT derriere le Theatre.

Ouurez.

LEANDRE.

C'est Lidamant
Nous sçaurons maintenant le nœu de cette affaire. Elle entre dans sa Chambre.

FLORIMONDE bas.

Tout est perdu l'on va descouurir le mistere,
Qui pourroit l'aduertir du danger ou ie suis
Rentrons, Dieux ie retombe en vn gouffre d'ennuis

SCENE VII.

Lidamant, Leandre, Orasie, Florimonde.

LIDAMANT.

DE crainte que quelqu'vn vous suiuist dans la rue.
I'ay demeuré derriere, & bien qu'est deuenue
La beauté que ie viens de mettre entre vos mains.

LEANDRE luy monstrant Orasie qui se cache.

Lidamant la voila, mais vos projets sont vains,
Si vous la pretendés. Car ie perdray la vie,
Auant que de souffrir qu'elle me soit rauie,
Elle est entre mes mains & i'en suis possesseur.

LIDAMANT.

Ce procedé Leandre est-il d'homme d'honneur?
Voyez a quel amy iustes Dieux, ie me fie?
M'vser d'vne si lasche, & noire perfidie?
Si vous ne me rendez, mais ie dis au plustost
La Dame que ie viens de vous mettre en depost,
Nous rõprons ie vous iure, & nous aurons querelle.

LEANDRE luy monstrant Orasie.

Est-ce cette beauté.

LIDAMANT.

Non non, ce n'est point elle,
Gardez bien celle-là, ie ne la cognoy point.

LEANDRE

Mes sens sont à ce coup interdis de tout point,
Ie suis tout hors de moy.

LIDAMANT.

Comme auez vous l'audace,
De vouloir supposer cette Dame en sa place?
Dites qui vous oblige à me traitter ainsi?
Sy c'est que vous ayez d'autre dessein icy,
Parlez moy clairement Leandre ie vous prie,
Ce procedé vers moy passe la raillerie.

ORASIE prenant Florimonde par le bras.

Ie m'en vais à touts deux remettre les esprits,
Est-ce pas là l'obiect dont vous estes espris?
Lidamant respondez.

Comme Florimonde escoute à la porte de sa chambre ce qu'on dit. Orazie la surprend & l'emmeine.

LIDAMANT.

Vous mocquez vous Leandre?
Qui vous peut obliger à me vouloir surprendre?
Pourquoy supposez vous la Dame que voicy,
Si celle que ie cherche & que i'aime est icy?

Car en effect voila la beauté que i'adore.

ORASIE à Leandre.

Et bien Leandre, & bien, me direz vous encore,
Qu'elle ne ſonge à rien, qu'elle ne ſçait que c'eſt,
Ie fais ici premier marcher mon intherest.

LEANDRE l'eſpée à la main.

Vueilley-je! ou ſi ie dors? infame cette eſpée
Au deffaut d'vn poignard dedãs ton ſang trempée,
Me vengera bien toſt, d'vne perfide ſœur,
Il faut oſter la vie, a qui m'oſte l'honneur.

FLORIMONDE en fuyant.

Sauuez moy Lidamant.

LIDAMANT retenant Leandre.

Dieux? que vienſ-je d'entendre?
Commẽt donc? cette Dame eſt voſtre ſœur Leãdre?

LEANDRE.

Ouy qui me doit payer vn ſi ſanglant affront,

LIDAMANT l'eſpée à la main.

Moderez vous vn peu ne ſoyez pas ſi pront
Ie la ſers, & ie doy m'armer pour ſa deffenſe.

LEAN-

LEANDRE.

Son sang, ou ie mouray, lauera cette offence
Sçachant bien qui ie suis, vous imaginez vous,
Qu'aucun la serue à moins que d'estre son espoux?

LIDAMANT.

Me l'accorderez vous si ie vous la demande,
En cette qualité?

LEANDRE.

Qu'elle faueur plus grande
Pourois-je receuoir au monde, iustes Dieux?
Ma sœur seroit heureuse, & moy trop glorieux.

LIDAMANT à Florimonde.

Donnez moy vostre main puis qu'il plaist à Leandre.

FLORIMONDE.

Mon frere y consentant ie ne m'en puis deffendre.

SCENE VIII.

Tomire, Leandre, Fabrice, Lidamant, Orasie, Florimonde, Nerine, Lisis.

TOMIRE.

PArdonnez si de nuit i'entre ainsi librement,
Ie suis trop offencé, monstrez moy Lidamant.

LIDAMANT.

C'est moy, que voulez vous?

TOMIRE l'espée à la main.

Ie veux auoir ta vie
Traistre.

LEANDRE le retenant.

Moderez vous, calmez cette furie
Vous l'attaquez à tort, vous n'auez pas raison.

TOMIRE.

Quoy! ie me plains à tort de cette trahison!
On m'a rauy l'honneur, & ie me pourray taire?

LEANDRE.

Si c'est pour vostre fille, il vous faut satisfaire.
Ce n'est point Lidamant, il espouse ma sœur.

TOMIRE.

Qui de ma fille est dont l'infame rauisseur?

LEANDRE.

Il faut dessus ce point que ie vous satisface.
Mais si ie puis de vous obtenir cette grace
Qu'vn glorieux Hymen nous vnisse touts d'eux,
Vous me mettez, Monsieur au cōble de mes vœux.

TOMIRE.

C'est vous qui comblez d'heur toute nostre famille.
Donnez luy vostre main, approchez vous ma fille.

ORASIE à Leandre.

Enfin ie suis à vous.

NERINE.

O desplaisirs charmans,
O desordre agreable, ô bien heureux Amans.

LEANDRE.

Ne tardons pas Messieurs en ce lieu dauantage,
Songeons à terminer ce double mariage.

Fin de la Comedie des Fausses veritez
de Monsieur Douuille.

www.ingramcontent.com/pod-product-compliance
Ingram Content Group UK Ltd.
Pitfield, Milton Keynes, MK11 3LW, UK
UKHW020316250726
13967UKWH00004B/1758

9 782013 028462